Jens Korbus

Die andere Stimme
Joseph Haydn und Rebecca Schröter

Die Deutsche Nationalbibliothek verzeichnet diese Publikation in der Deutschen Nationalbibliothek; detaillierte bibliographische Daten sind im Internet über http://dnb.d-nb.de abrufbar.

Umwelthinweis:
Dieses Buch wurde auf chlorfrei gebleichtem Papier gedruckt.

© 2023 Jens Korbus
Herstellung und Verlag:
BoD – Books on Demand, Norderstedt
1. Auflage
Layout und Cover: Manuela Wirtz, www.manuwirtz.de
Coverbilder Haydn, von Christian Ludwig Seehas,
Wikimedia commons, gemeinfrei
Printed in Germany
ISBN 9783757854577

Die andere Stimme

Joseph Haydn und Rebecca Schröter

Jens Korbus

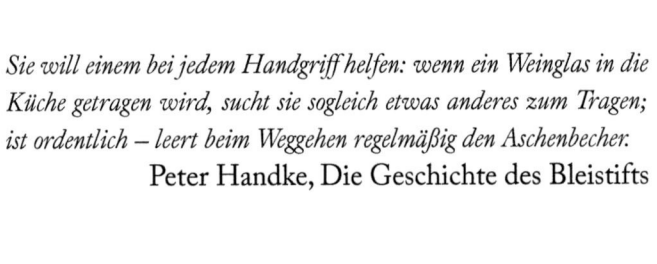

Sie will einem bei jedem Handgriff helfen: wenn ein Weinglas in die
Küche getragen wird, sucht sie sogleich etwas anderes zum Tragen;
ist ordentlich – leert beim Weggehen regelmäßig den Aschenbecher.
Peter Handke, Die Geschichte des Bleistifts

Teil 1

ER WAR MIT SEINEN SECHZIG JAHREN noch immer gut dabei. Sie war ehrlich zu sich selbst, aber er war rätselhaft und überwältigend mit seinem Charme und seiner Begabung. Sah sie noch hübsch aus? – Ständig wollte sie etwas, das er nicht geben konnte. – Sie wollte nur bei ihm sein, solange er hier war. – So war es auch mit ihrem ersten Mann Samuel Schröter gewesen. Der war aber nicht so erfolgreich gewesen wie Haydn. – Bald würde Haydn eine Brille brauchen. Um seine Gesundheit kümmerte sie sich. – Spätestens in einem Jahr war er wieder weg. Eigentlich war er nicht ihr Typ. – Aber ein begnadeter Musiker. – Rebecca Schröter war in London sehr beliebt und umwerfend reich. Deshalb konnte sie sich ihn leisten. – Vielleicht liebte sie Haydn sogar. Konnte sie nicht einfach den Beziehungsstatus ändern? Sie hatte gedacht, sie hätten mehr Zeit, als er sagte, dass er wieder nach Ungarn zurückkehren müsse. – Demnächst? – Was hieß das? – So einfach ziehen lassen würde sie ihn nicht. Seine Berühmtheit strahlte auf sie ab. – Das ermöglichte ihr, auf jedem Gebiet ein besseres Urteil abzugeben. Auch in der Musik. Auch über ihn.

Aus den Augen lassen würde sie ihn hier in England nicht! Sie dachte, er würde jetzt ein bisschen reden, aber er sagte nichts. Zuviel reden machte die Stimme kaputt. – Jede dieser flüchtigen Gedanken machte sie unklar im Kopf. Er mochte die Art, wie sie ihre Wäsche über den Stuhl legte. Wenn sie sich einander zuwandten, seufzte er vor Glück. – Was sie hier taten, war Sünde. – Und trotzdem glaubte sie an etwas. – Er sagte, er habe Hunger, und

sie ging in ihre Küche und holte zwei Kabeljau-Frika-
dellen, die sie im Bett aßen. Das Dinner war eigentlich
üppig gewesen. – Sie wusste: Am nächsten Tag würde sie
sich an nichts mehr erinnern. – War das grausam? – Am
übernächsten Tag würde sie ihm aber doch weiter ihre
Briefe schreiben. Zum Beispiel am 7. März 1792:

My Dear, es tat mir sehr leid, mich letzte Nacht so
plötzlich von Ihnen zu trennen, unser Gespräch war
besonders interessant und ich hatte Ihnen tausend Dinge
zu sagen, mein Herz WAR und ist voller Zärtlichkeit für
Sie, aber keine Sprache kann die Hälfte der LIEBE und
Zuneigung ausdrücken, die ich für Sie empfinde, Sie sind
mir jeden Tag meines Lebens lieber. Sagen Sie mir, wann
Sie kommen werden.

Stellen, die zu kühn waren, hatte sie wieder ausgestri-
chen. Sie wusste: Irgendwann, spätestens wenn er wieder
über den Kanal segelte, würde er ihr ihre Briefe zurück-
geben. – Sie wollte keine Trophäe in Männerhänden. –
Und selbst wenn jemand ihre Briefe (oder gar Kopien) in
die Hände bekam: außer ihrer glühenden Liebe, gab es
keine Hinweise auf sie oder ihr Umfeld. Es war ein Wun-
der, dass diese Beziehung zwischen einer englischen Frau
der Oberschicht und Haydn nicht den Klatschjournalisten zum Opfer gefallen war. Haydn hatte den musikalischen Stil seiner Epoche hervorgebracht: Vom Rokoko,
über Sturm und Drang und Klassik, tatsächlich hinein in
die träumenden Augen der Romantik. Die Vielstimmig-
keit des 18. Jahrhundert hatte sich dem Ende zugeneigt.
Und jetzt gab es plötzlich einen neuen Namen für Musik:
Die Sinfonie. Neue, spannungsreiche Themen, die nach
Entwicklung drängten, das gleichartige Gegenspiel von
kräftig und leise. Es gab Kammermusik, die russischen

Quartette waren das Beste, fand sie jedenfalls. Die Instrumente in den Quartetten führten Gespräche. Es gab Rede und Wechselrede. Es war, als würden sich vier Persönlichkeiten, bald ernst, bald lustig, über das Thema unterhalten, zu dem die erste Geige den Ton angab. Der Aufbau des Quartetts wurde aus einem einzigen musikalischen Grundgedanken entwickelt. Ernst und befreiender Witz taten zum Beispiel im Lerchen-Quartett das ihre, um jede Einseitigkeit zu vermeiden. Sie mochte darin besonders den langsamen Satz, das Allegro-Menuett und den schnellen Schluss. Der Schlusssatz, der die einmal angeschlagene Sechzehntelbewegung unablässig beibehielt.

Sie hatte später oft Haydns Oratorium Die letzten sieben Worte des Erlösers am Kreuz gehört, und sie wusste, dass die jungen Mädchen im Workhouse gezwungen wurden, sich morgens dieses Oratorium anzuhören und sich dabei, zusammen mit den Vorbetern, auf den Steinboden zu werfen und die Worte des Erlösers nachzusprechen. – Sie hatte einmal einer solchen Morgenmesse im Workhouse beigewohnt und war erstaunt über die Armut die jungen Mädchen, ihre Abgerissenheit, auch über ihren mangelnden Glauben, den ihnen jeder ansah.

Sie hatte im Vorraum die Finger in das Weihwasserbecken getaucht, das Wasser hatte sich gekräuselt, und sie hatten sich beide bekreuzigt, bevor sie durch die Flügeltür in den kargen Raum traten. Mitten im Kirchenschiff beugten sie mühelos das Knie und rutschten auf eine Sitzbank. Alte und junge Frauen mit Kopftüchern beteten flüsternd den Rosenkranz hinunter und nestelten an ihrer Kleidung. Es waren auch ein paar dabei, die mehr Geld hatten, und die schritten, stark parfümiert, bis ganz nach vorne, klappten die Scharniere der Kniebretter herunter. Manche waren stehengeblieben, um besser gaffen zu können. Haydn hatte in seinem Leben ehrliche Frauen kennengelernt; sehr reich, auch mit Geschmack. Doch keine war ihm so nahegekommen wie Rebecca. Er wusste: Manche dieser Frauen hatten nichts außer ihrem Reichtum. Rebecca hatte ihre Schönheit und ihre Musikalität. Es war keine Affäre. Es war eine Romanze. Im Traum stand ihr riesiges Haus leer. Er träumte, dass er durch London streunte, und ihre Mutter erzählte ihm, dass sie nichts mehr von ihm wissen wollte. Da kam Rebecca durch die Gasse, und er schlug sie mit einem schweren Buch auf den Kopf. – Warum verstand er seinen Traum nicht? Sie war ihm doch immer nahe gewesen.

Rebecca wusste, dass Haydn verheiratet war, mit der drei Jahre älteren Maria Theresia Keller. Sie wusste aber auch, dass das Ehepaar nicht zusammenlebte und dass seine Frau wenig Verständnis für Musik hatte. Warum hatte sie ihn überhaupt geheiratet? Das war in der Zeit gewesen, bevor er in Ungarn im Hause Esterházy zum Weltmusiker aufgestiegen und Freimaurer geworden war. Und da war auch noch Luigia Polzelli, eine Sängerin im Esterházy-Fürstentum, mit der Haydn eine längere Affäre, vielleicht auch einen Sohn hatte. Haydn hatte ihr erzählt, dass er diese Sängerin, die auch verheiratet war, seit langer Zeit finanziell unterstützte und dass sie ohne ihn ihr Leben nicht hätte fristen können.

Nachdem sie von verschiedenen Arten der Liebe gesprochen hatten, erzählte ihr Haydn eine weitere Traumsonate:

Er war in seinem Wohnraum in Esterháza in Ungarn, und es war dunkel. Es gelang ihm nicht, ein Licht anzuzünden. Plötzlich war eine Frau mit ihm im Zimmer. Er zog sie aus, aber es klappte nicht. Er sagte, es gehe nicht, und sie zogen sich wieder an. Ein Gemälde von Angelika Kauffmann hatte an der Wand gehangen. Er hatte in diesem Traum auf kein gelerntes Wissen zurückgreifen können und musste sich darauf verlassen, was er an Alltagswissen jederzeit parat hatte. Es war nicht viel. Er hatte irgendeine Prüfung nicht bestanden. Dann hatte er in Rohrau, wo er geboren war, Reutter, einen der ersten Männer getroffen, die ihm in die Musik geholfen hatten und seine Begabung erkannt hatten. Im Gegensatz zu vielen anderen hatte er sich von seiner frühen Kindheit emanzipiert. Im Traum gab Haydn Reutter ein paar selbstkomponierte Notenblätter, die er aus einem Tresor nahm. Das, was Haydn für am wichtigsten hielt, war aber verschwunden. Er sah das Gesicht seines Lehrers mit der großen Perücke, die seine dünnen Haare verdeckte. Reutter hatte manchmal auch zugeschlagen. Seine Mutter sagte: Vielleicht kannst du einmal Lehrer oder Geistlicher werden. Haydn wusste damals schon, dass er aus Rohrau hinaus musste.

Der Traum hatte auf die tieferen Schichten gezielt. Wollte ihm der Traum klarmachen, dass er sein Ziel schon erreicht hatte? Rohrau: das war dunkel und billig. Jetzt war Haydn nicht nur Komponist, sondern auch ein Lehrer für die jungen Nachwuchsmusiker. Die freuten sich, dass Haydn alle seine Kompositionsaufgaben so neu und originell gelöst hatte. Im Traum hatte er vor Freude und Zuneigung seinen Kopf und sein Oberkörper über die Knie eines jungen Mädchens gelegt. Er schrieb in diesem Traum mit Kohle etwas auf eine Glaswand. Er sagte Rebecca, dass er begonnen habe, ihr zu misstrauen. Nachts hatte sie ein paar Mal an seiner Londoner Wohnungstür geklingelt, und das habe ihn misstrauisch gemacht. – Sie konnte ihn aber mit einem neuen Briefchen schnell beruhigen: Oh, wie sehr ich Sie sehen möchte, hoffe ich, dass Sie morgen zu mir kommen. Ich würde mich freuen, Sie morgens und abends zu sehen. Gott segne Sie, mein Lieber, meine Gedanken und besten Wünsche, die Sie je begleiteten. Ich bin immer die Ihre mit der aufrichtigsten und unververänderlichsten Haltung, my Dear.

ER WAR KATHOLIK UND WÜRDE SEINE EHE MIT MARIA ANNA KELLER bis ins Unendliche fortsetzen müssen. 1795 ging Haydn endgültig in seine Heimat zurück. Seine letzten drei Klaviertrios, die er in England geschrieben hatte, hatte er Rebecca gewidmet. Als Haydn im Jahr 1800 sein berühmtes Oratorium „Die Schöpfung" veröffentlichte, stand Rebecca Schröters Name auf der Suskriptionsliste.

Ein paar Tage nach diesem Traum gingen sie zusammen durchs nächtliche London. Konnte man das, was einen bewegte, überhaupt in einem anderen Medium als Traum und Musik ausdrücken? Als Haydn in London 1793 als Großmeister der Sinfonie gefeiert wurde, schrieb er drei Quartette für den Grafen Apponyi. Da hatte man zum ersten Mal gehört, was er alles konnte.

Man warf man mir weltliche Einsprengsel in meiner geistlichen Musik vor, sagte er zu Rebecca. Ich habe immer nur komponiert, was mir Spaß machte. Und dann dachte er etwas, das er nicht sagte: Beim nächsten Mal geht die Beziehung kaputt. Bei jedem nächsten Mal dachte er: Er musste sich mit seinen sechzig Jahren anstrengen. – Ich bin Katholik, dachte er, aber kein Okkultist.

Zwei Jahre später, als er zum zweiten Mal in London war, wusste er, was er falsch gemacht hatte. Er hatte ihr zu viel Dominanz gelassen. Ihre Selbstbeherrschung (bis auf ihre Briefe) war ungeheuer. Aber seine Musik verband sie. Er wusste: Sie stammte von reichen, aber einfachen Leuten ab. – Der Traum war seine eigene Vorstellung davon, was aus der Beziehung (oder Un-Beziehung) geworden war oder werden würde. – Wie viele Sorgen sie sich um seine Gesundheit machte. Er hatte einmal zu viel Zeit in seinem Arbeitszimmer verbracht und alle Besucher abweisen lassen. Das hatte sie ihm in einem ihrer Briefe vorgeworfen.

Er wusste: Sobald man das Umfeld ändert, wird der Kopf, das Bewusste, durch die Urteilskraft von den Ereignissen geflutet. – Auch in den öffentlichen Predigten im Hyde-Park, denen man sich manchmal nicht entziehen konnte. Ich bin gar nicht der Richtige für sie, dachte er. – Wenn man noch weiter nachdachte, war alles Gedachte Pfaffenschliche. Was sie wirklich dachte, wusste er bis heute nicht. Ihre Liebesbriefe hatten etwas Stereotypes, und manchmal hatte er das Gefühl, sie glichen sich wie ein Ei dem anderen. Vielleicht liebte sie auch die Künstler. Davon gab es hier ganz viele, auch in der geistlichen Musik. Oder sie waren Willigis und Sibylla wie die beiden Geschwister auf einem mittelalterlichen Gemälde. Das Unwillkürliche hatte man schon verloren, wenn man nur darüber redete. – Eigentlich war es ganz leicht, einen Menschen zu beurteilen, dachte Haydn. Ich verdanke der Musik alles. Die Musik ist der einzige flächenlose Raum, den es im absoluten Raum gibt. – Plötzlich fragte er sich, ob das you ihrer Briefe du oder Sie bedeutete. Sie hatten nie darüber gesprochen, und er radebrechte das Englische nur. – Es würde wohl „du" bedeuten. – Ich muss mir ganz neue Fähigkeiten zulegen, dachte er. Das Reden wurde dem Handeln nie gerecht. – Und wenn er sich, abends allein im Bett, an ihre Person erinnerte, so sah er eine hübsche Frau, in der Erinnerung immer im Profil. Trotz ihrer musikalischen Intelligenz einen kindlichen Ausdruck. Ihre Haare waren blondiert, und sie trug immer tiefausgeschnittene Kleider. Es war ihr Ego als Frau. Sie war in weltlichen und finanziellen Dingen unglaublich clever und hatte ihm bei seinen Vertragsabschlüssen in England viel geholfen. Manchmal hatte er trotzdem das Gefühl, sie wüsste nicht, worum es in der Welt ging. Sie war reich geboren und hatte sich den Unannehmlichkeiten des Lebens nie aussetzen müssen. Manchmal war er mit ihr auf die Wiesen des Hyde-Parks gegangen, und er dachte sie sich abgemalt mit ihrem eher runden, lächelnden Gesicht, das Grün der Wiesen und die Schatten der Bäume dahinter. Manchmal war er schon morgens in ihrer Wohnung und abends ziemlich früh, bevor die Gäste kamen und sie alle zusammen aßen. Wenn er neben ihr her durch den Hyde-Park schlenderte, guckte er manchmal ein bisschen komisch, denn er war klein und pockennarbig. Und manchmal saß auch seine Perücke nicht richtig.

Dein Kleid hat ja gar keine Ärmel, sagte er. Deine Eltern sind Engländer, du bist hier geboren. Aber warum schminkst du dich so stark?

Das tun hier alle, sagte sie und summte eine Zeile aus einer seiner Kammermusiken.

Da geht nichts mehr entzwei, dachte er. Er brach eine wilde Rose ab und steckte sie ihr ins Haar. Hast du noch andere Liebhaber?

Ich habe niemanden, den ich mehr liebe als dich. Daran brauchst du nicht zu zweifeln. Mein Mann Samuel war genauso alt wie ich, und es ist tief gegangen. Warum sagst du nichts?

Haydn hatte sich ins Gras gesetzt, um nachzudenken. Sie setzte sich dazu. Es ist einfach so, dass ich dich lieber habe als alle anderen, sagte sie nach kurzem Nachdenken. Deine Musik lässt mein Herz immer noch schneller schlagen, und wenn du wieder auf den Kontinent musst, weiß ich gar nicht, was ich anfange.

Haydns Frau in Wien inszenierte einen Ehestreit. Sie argumentierte mit der synthetischen Aura des Rechts. Sein Bewusstseinsstrom hatte ihm schon immer früh gesagt, wie alles ausgehen würde. Manchmal hatte ihn seine Frau an Bilder von Füßli erinnert. Mit dem Wort „unheimlich" kam man ihr nicht bei. Er hatte gehört, dass es in Deutschland einen Schriftsteller gab, dessen Texte mit seiner Musik verglichen wurden. Verständlich, überirdisch schön und das Alte mit dem Modernen verbindend. Er konnte sich denken, welcher Textmotive sich Goethe bediente. Haydn hatte den Clavigo und die Iphigenie gelesen. Vielleicht müsste Goethe mathematischer und klarer denken, aber das wäre wider seine Natur. Goethes Art des Denkens und Handeln war Instinkt. Er, Haydn, hatte kürzlich den Werther gelesen und ihn erst einmal nicht verstanden. Er selbst war ganz anders. – Jeder Mensch war ein Ästhet, weil auch das Tier ein Ästhet war. Gab es denn etwas Schöneres als das Gefieder der Vögel oder das Fell der Wildkatzen? – Nach

Samuel Schröter, dem Bruder der berühmten Weimarer Sängerin und Freundin Goethes, Corona Schröter, war Haydn Rebeccas Leitbruder in der Musik geworden. Musik und Beziehung (oder wie man damals sagte: Liebschaft) waren für Rebecca, eine geborene Scott, ein und dasselbe. – Vollkommen!

DER AUFENTHALT IN LONDON war für Haydn zum Glücksfall geworden. Das Konzertleben hier war vielfältiger als in Paris oder Wien. Ein öffentliches Konzert war ein gesellschaftliches Ereignis, eine relativ freie Presse berichtete über die Veranstaltungen. Die Musiker waren Profis. Und Haydn schuf in London viele Sonaten, die viele Seitenthemen hatten. Die Konzerte ließen auch den Pöbel in die Musikhallen strömen. Einzelne Sätze einer Sinfonie wiederholte man auch, wenn sie dem Volk gefielen. Im Juli 1791 erhielt Haydn in Oxford den Ehrendoktor. Seine Berühmtheit konnte man sich kaum noch vorstellen. Haydn musste sich in London gefühlt haben wie ein Fisch im Wasser. Sonst wäre er nicht ein zweites Mal in die englische Hauptstadt gekommen. London hatte für Haydn Glück und Erfolg bedeutet. Dazu diese schöne Frau, mehr als zwanzig Jahre jünger als er. Die Sprache der Musik kümmerte sich nicht um die Sprache des Körpers. – Haydn hätte der ältere Bruder oder sogar Vater ihres verstorbenen Mannes sein können, nur um Quanten besser. Und wieder ein Musiker, wieder einer vom Kontinent.

Haydns Oratorium Die letzten Worte des Erlösers am Kreuz hörte sie viele Jahre später. Die Streicher und die schöne Langsamkeit des Satzes. – Für geistliche Musik vielleicht ein bisschen zu weltlich. Man konnte seinen Gedanken nachgehen. Die Pausen und das Getragene ließen einem ein bisschen Zeit. Haydn spielte mit der Innenwelt seiner Zuhörer. – Man hörte auch: Die Barockmusik war fast vorbei. – Von Dramatik keine Spur, eher von Meditation. Aber wie sollte man über das, was die Bibel erzählte, meditieren. – Man musste es. – Eigentlich war alles zu leise und zu langsam. Der Aufschrei erst am Schluss. Seelenruhe! – Hatten das Haydns Auftraggeber, die Mönche in Cadix, gewollt? – Mein Gott, Haydn war der Musikdichter seiner Zeit! – Eigentlich baute nicht nur die Musik, sondern auch die Psychologie auf der Bibel auf. Das war nicht das Schlechteste. Die Priester waren gute Seelenkenner, weil sie mit der Welt nichts zu tun hatten. Die Bibelworte vom Kreuz waren Haydns Übertragung dieser Worte in Musik. Diese Musik und dieser lebenskluge Mann. Eigentlich war es so wunderbar, dass man glauben konnte, das Oratorium habe mit der Bibel nichts zu tun.

Die biblischen Gedanken gingen mit dieser Musik in den Körper. Aber nur, wenn man wusste, was der Musik zugrunde lag. – In diesen Klängen war alles schön, ruhig und sanft. – Auch die schrecklichen Worte Jesu: Mein Gott, mein Gott, warum hast du mich verlassen? Es war das schönste Oratorium, das sie je gehört hatte. Wie konnte man aus dieser schrecklichen Bibelgeschichte so schöne Musik machen? Wie konnten die Menschen an Folter überhaupt Gefallen finden? Vielleicht war es der Anspruch der Musik, die einen geistlich werden ließ. – Das Lento war schon wieder kräftiger gestrichen.

Das Largo war auch keine richtige Kirchenmusik, man hätte es auch in einer Kur an der See hören können. Haydn wollte Musik komponieren und er komponierte

Musik. – Das Erdbeben am Ende des Oratoriums weckte sie wieder auf. Es war heftig und laut, aber trotzdem schön gewesen. Der Verstand hatte mit der Musik und was um sie herum war, nichts zu tun.

Während sie das Oratorium in ihrem Kopf noch einmal abgespult hatte, fiel ihr auf, dass sie schon eine Strecke gewandert waren.

Sie sagte: Luigia Polzelli hatte für die Esterházys gesungen, während Haydn für den Frieden komponierte. Und Haydn musste ihr, obwohl er ihn Wien verheiratet war, ein bisschen verfallen sein.

Sie dachte daran, dass man auch Mozart seltsame Lebensfallen gestellt hatte. Aber Salieri hatte es damals mit allen Ränken nicht geschafft. Dafür hatte er sich mit Haydn befreundet. Nie hätte man gegen Haydn mit fehlendem Gottesglauben intrigieren können. Haydn war wirklich gläubig, das hatte sie erkannt. – Ja, er war nicht besonders groß und hatte ein paar Pockennarben. – Na und? – Konnte er etwas dafür? Und Mozart war Haydns bester Freund. Haydn war auch jemand, der in den Gelegenheiten auflebte. War er nicht überall dorthin hingegangen, wo sich ihm schöpferische Arbeit bot? – Hier in England war er großartig, und das erste Billet, das ihre Bekanntschaft knüpfte, hatte sie geschrieben.

Sie fuhren mit einer Droschke zum Londoner Hafen, um zu sehen, wie es wirklich aussähe, wenn er mit einem dieser dickbauchigen Segelschiffe wieder zum Kontinent schwömme. Sie war in seinem Traum mit einer Droschke zu ihren Eltern gefahren. Es kam zu einem Gespräch, und sie versuchte, mehr über ihren Freund zu erfahren.

Der Traum war nicht Fisch, nicht Fleisch. Das merkte Haydn, während Rebecca erzählte. Wenn er sie verlor?

Rebeccas Kommunikation war oft ein Halbding wie die Musiker: Ursache und Wirkung waren eins. Wie sollte man ohne Pause zwischen Ursache und Wirkung damit zurechtkommen? Gab es überhaupt einen Unterschied zwischen Denken und Handeln? Er kannte Rebecca: Vielleicht wollte sie einfach nur das letzte Wort behalten. Aber sie hatte ihm ungeheuer geholfen: Bei seinen Kompositionen (durch einen Ratschlag), bei seinen Vertragsabschlüssen, bei der Auswahl seiner Konzertagenten, die es in Deutschland und Österreich in dieser Zahl noch nicht gab. Und ihre teuren Geschenke? Er hatte keine Angst, sich zu desavouieren.

Am Abend zogen sie sich aus und legten sich ins Ehebett. Was für ein komisches Wort: „Ehebett"! Sie hatte viele Jahre allein darin geschlafen. Es gehörte zu ihrem feinen Snobismus, ihn beim Ausziehen nicht zu beachten. Später würde sie mehr darüber grübeln. Ihren Schmuck, der ihr wichtig war, ließ sie auf dem kleinen französischen Tischchen liegen. Später, wenn sie wieder angezogen war, würde sie ihn wieder anlegen. Der Schmuck hob ihre Moral. Hier war sie bestimmt auch mit einigen zusammen gewesen, dachte Haydn. Die Tiere legten doch vorher auch kein Gelübde ab. Sie wollten aber auch dankbar sein. Sie hatte ihn dazu berechtigt, mit ihr zu tun, was er wollte. Sie war kaum Stimmungen und Launen unterworfen, und ihr war fast alles recht. Sie hatte vorher das Fenster ein wenig geöffnet, aber es gab kein Vogelgezwitscher, denn London war laut. Der Straßenlärm drang bis hier nach oben.

Haydn sagte: Es geht mir gut! Hatte er damit etwas anderes meinen können?

Vor langer, langer Zeit war Samuel Schröter ihr Klavierlehrer geworden und bald mehr. Ihre Eltern hatten einer Ehe mit ihm nicht zustimmen wollen und hatten Samuel viel Geld angeboten, wenn er sich zurückzog. Aber die Verbindung war zu stark geworden und hatte in einer Ehe geendigt. Dreizehn Jahre waren sie zusammen gewesen, und die Jugend, die Liebe und die Musik waren ihre Gemeinsamkeit geworden.

Ihre Hand lag auf seinem Bein. Wo war Samuel eigentlich geboren?

In Guben.

Wo das liege?

So, also in Brandenburg. Der hochgewachsene Samuel hatte die gleiche intensive Musik- und Klavierausbildung genossen wie seine Schwester Corona. Corona ist ein schöner Name, sagte Haydn.

Sie war eine der besten Sängerinnen Deutschlands, sagte Rebecca. Sie sang ein paar Mal auch hier in London in den großen Sälen. Aber ihr Vater hatte ihre Stimme zu früh nach oben getrieben, und so wurde die Rezitation ihr bevorzugtes Fach. Goethe, der sich schon mit sechzehn Jahren in Leipzig in sie verliebt hatte, hatte sie sieben Jahre später als Sängerin und Schauspielerin an den Weimarer Hof geholt. Der ganze Weimarer Hof hatte versucht, sie zu konsumieren. Aber sie hatte sich nur mit Goethe eingelassen. – Wenn sie als Frau so schön wie mein verstorbener Mann war, muss sie ein Bild gewesen sein, fuhr Rebecca fort. Sie muss etwas größer als Goethe gewesen sein, das sah man auf den vielen Theaterdarstellungen der Weimarer Maler. Goethe und Bertuch, der Schatullier des Herzogs, hatten die Fäden nach Weimar gesponnen. Für der Schrötern Schicksal ist mir's nicht bange, es ist mit dem meinen verbunden, hatte Goethe im April 1776 an seinen Freund Steinauer geschrieben. Goethes Karriere war nach oben gegangen. Jeder wusste, dass Goethe sich zwischen Frau von Stein und Corona teilte.

Mein Gott, solch eine Schwester hätte er auch gerne gehabt. Wenn es in der Nacht zu heiß oder zu fieberhaft wurde, hatten Goethe und Corona gemeinsam in der Ilm gebadet. Und Goethe sonnte sich an ihrem schönen, bestätigten Wesen. Bis in ihre letzten Lebensjahre riefen ihr Gesicht und ihre Figur den Neid der Damen und die Bewunderung der Herren hervor. Nach seiner Heirat mit Rebecca spielte Samuel nur noch für Adlige, darunter für den Prinzen von Wales.

Rebecca hatte gehört, dass sich Salieri in London aufgehalten hatte. Seit 1788 war er Hofkapellmeister in Wien und Mozarts ärgster Rivale. Rebecca hoffte, dass Salieri seine langen Finger nicht bis nach England ausstrecken würde. Gerade hatten sie von Mozarts Tod gehört. Haydn hatte sich erboten, Mozarts Kinder finanziell zu unterstützen und in Musik und Kompositionslehre bis zur Reife zu unterrichten. – Haydn würde noch ungefähr vierzehn Jahre zu leben haben, das wusste aber keiner. Salieri war kein Frauenheld, Haydn auch nicht. Aber er hatte doch an jedem Fleckchen der Welt, wo er hatte komponieren müssen, eine Beziehung angeknüpft. Sie schlief auch gern einmal mit einem ihrer Domestiken, der ihr Souterrain ausgeräumt hatte. Davon brauchte Haydn nichts zu wissen. Haydn war zu groß, um davon etwas wissen zu müssen. Wenn er nur nicht in eine dieser von Salieri ausgelegten Fallen tappte. Aber sie kannte sich in London besser aus als der Stadtkämmerer, und sie würde ihn beschützen.

HAYDN BEGANN VON DER ÜBERFAHRT ZU SPRECHEN und von den Unbill auf dem Meer. Vier Stunden hatten sie fast gar keinen Wind gehabt und nicht mehr als eine englische Meile gemacht. Dann, nach diesen vier Stunden, kam der Wind auf, so günstig, dass sie binnen einer Stunde in Dover waren. Während der ganzen Überfahrt war er oben auf dem Schiff geblieben und hatte von der Reling aus Zeit gehabt, das ungeheure Thier, das Meer, sattsam zu betrachten. Seekrankheit hatte er kaum gehabt, aber die anderen. Erst als er in seiner Unterkunft war, hatte er bemerkt, wieviel Kraft ihn die Reise gekostet hatte, und er brauchte zwei ganze Tage, um sich zu erholen.

Wenn Rebecca ihn so frisch neben sich liegen sah, konnte sie gar nicht glauben, dass er auf der Überfahrt so unpässlich gewesen war. Er sprach ihr von der unendlich großen Stadt London, deren verschiedene Schönheiten und Wunderdinge ihn ganz in Erstaunen versetzt hatten.

Sie wusste, dass er ihre Liebesbriefe in sein Notizbuch schrieb. Hätte er es nicht getan, hätte ihm nichts an ihr gelegen. Eine Beziehung beruhte weder auf dem äußeren noch dem inneren Wesen, sondern nur darauf, dass man sich den anderen (in seinem ganzen Wesen, und dazu gehörte auch die Hässlichkeit) einverleibt hatte. Haydns Musik hatte sie ergriffen wie ein flächenloser Raum, aus dem ein Gefühl geworden war. Sie hatten einander einverleibt. Die Musik war die deutlichste und unverfälschteste Sprache, die es gab. Es gab auch keinerlei soziales Gefälle zwischen ihnen, denn sie glaubte zu wissen, dass

Haydn genauso reich war wie sie, wenn man alle seine Besitztümer einrechnete.

Am Vormittag hatte ein Domestike einen Umschlag für sie abgegeben, an sie adressiert. Als sie ihn geöffnet hatte, lag eine schmale Tüte Zucker darin. Sie roch an dem weißen Pulver, und es gab keinen Zweifel: es roch nach Bittermandel. Sie war sich völlig sicher, dass niemand in London von ihrer Beziehung zu Haydn wusste. Diese weiße Tüte war von jemandem, der es herausbekommen haben musste. Es war Anschlag und Warnung zugleich. Denn dass jemand auf so ein plumpes Paket nicht hereinfiel, musste dem Absender auch bewusst gewesen sein. Sie würde Haydn nichts davon erzählen, und morgens und abends speiste er sowieso bei ihr.

War Samuel Schröter ein guter Musiker? fragte Haydn in ihre Gedanken hinein.

Er war zeitweilig der Pianist der englischen Königin und wurde später mein Klavierlehrer. Wir verliebten uns fast gleichzeitig ineinander.

Und woran ist er gestorben, so jung und früh?

Ich glaube, es war der Alkohol. Aber wir haben uns gut verstanden.

Ich trinke selbst ein bisschen viel.

Frierst du?

Ich friere nicht.

Pause.

Die Welt war radikal und skandalös. Aber nicht, wenn man Haydns Musik hörte. Diese von Humor durchflochtene Musik. Mit Haydn würde sie immer im Guten verbunden bleiben. Und solange er in England war, würde sie alles für ihn tun.

Mitten in diesen Gedanken fiel ihr ein, dass das weiße Pulver, das so merkwürdig gerochen hatte, auch von Pleyel stammen könnte, dem bekanntesten englisch Schüler Haydns, der sich später von ihm abgewandt hatte und hier in London als großes Genie galt. Ignaz Pleyel behauptete in der Öffentlichkeit ganz ungeniert, dass er ein besserer Komponist als Haydn sei. Die Engländer, die für Wetten und Wettkämpfe schwärmten, gingen in die Konzerte beider. Aber hinter den Kulissen mochten Haydn und Pleyel einander und waren auch privat oft zusammen. Nein, das Pulver konnte nicht von Pleyel stammen.

Am Abend waren sie zur Amtseinführung des Londoner Bürgermeisters in die Guildhall eingeladen. Der Ball begann in einem kleinen Saal, und für die Noblesse war ein hölzernes Podium aufgebaut, auf dem zwei Paare einsam tanzten, ein Paar der Lord Mayor mit seiner Frau. Dann bekam das schöne Geschlecht die Oberhand, und man tanzte nichts anderes mehr als Menuett. Die Hitze war groß. Sie gingen in einen anderen Saal, die Musik war dort auch schlecht. Haydn freute sich, dass eine laute Trommel das schlechte Spiel der Geiger verdeckte. Sie gingen in einen weiteren Saal, um zu essen, auch wieder umgeben von lautstarker Musik. Jetzt waren die Tafeln hauptsächlich mit Mannsbildern besetzt, die die ganze Nacht hindurch tranken.

Im Opernhaus Covent Garden war es noch schlimmer gewesen. Die Sängerin sang ohne Interesse. Aber wie in allen englischen Theatern hatte der Pöbel in den Galerien die Oberhand und bewies eine Unverschämtheit, die Haydn vom Kontinent nicht kannte. Wenn dem Volk eine Arie gefiel, auch ein Rezitativ oder einfach eine schöne Musik, verlangte es die sofortige Wiederholung. Und manche Arien mussten drei- bis viermal wiederholt werden. Haydn war in allen Ständen gefragt, vor allem beim Adel und bei den gehobenen Bürgern, besonders aber im englischen Königshaus. Rebecca war nicht immer dabei, und wenn sie nicht dabei war, schrieb sie ihm am Abend schöne Briefe, wie den vom 6. Juni 1772.

Mein Lieber!

Ich kann die Augen nicht schließen bevor ich Ihnen tausend Mal gedankt habe für den unsagbaren Genuss, den mir Ihre stets bezaubernden Kompositionen und Ihre unvergleichlich reizende Aufführung bereiteten. Glauben Sie mir, mein lieber Haydn, dass unter Ihren zahlreichen Verehrern niemand mit tieferer Aufmerksamkeit zuhörte und niemand größere Bewunderung für Ihre überaus glänzende Begabung hegen kann als ich.

Wenn er bei ihr übernachtete, es war nicht so oft, spielte sie ihm etwas aus einem seiner Klavierkonzerte vor. Er mochte die Art, wie sie spielte.

Haydns Erfolg in England war unerhört. In England kam ihm zu Bewusstsein, dass er zu Zeiten von niedrigen Seelen abgehangen habe. […] Kein gebundener Diener zu seyn, vergütet alle Mühe. […] Wie süss schmeckt doch eine gewisse freyheit, schrieb er im Herbst 1791 in sein Tagebuch. Aber der englische Geschäftssinn machte ihm auch Gewissensnöte. Als Haydns erste Konzerte in London so großen Erfolg hatten, bewarben sich viele um die Rechte an seinen Veranstaltungen. Und obwohl viele Agenten teils das Doppelte boten, blieb Haydn bei seinem Bonner Freund und Impresario Salomon, der jetzt in England lebte.

In London gab es einen reichhaltigen Konzert- und Opernmarkt. Ouvertüren, Vokalisches, Instrumentaldarbietungen, Arien und Konzerte. Die meisten seiner Konzerte in London leitete Haydn in den zweimal eineinhalb Jahren, die er in England war, selbst am Hammerklavier. Er wurde von fast jeder der begüterten Familien zum Essen und Spielen eingeladen und schimpfte ein bisschen darüber, dass er so viele Partituren für die Engländer hatte abändern müssen. Er musste sich Mühe geben, denn er wusste, dass seine Gegner manchmal Personen mieteten, die im Theater seine Opern auspfeifen sollten.

Rebecca Schröters Briefe ähnelten sich alle ein bisschen. Aber Rebecca war Musikfrau und keine Literatin. Und weil im Grunde jeder Brief ein Liebesbeweis war, trat auch das Praktische nicht in den Hintergrund. Sie schickte Haydn Seife, die er verlangt hatte, und verlangte für sich und ihre Freunde Konzertkarten.

Er traf einen Mister Marsh und schrieb:

Mister Marsh ist zahnartz, und weinhändler zugleich ein Mann von 84, ja. Hält eine sehr junge Maitreß, hat eine tochter von neun Jahren, welche zimlich gut clavier spielt. Ich speyste öfter bei ihn. NB. Als Zahnarzt gewinnt er alle Jahr 2000 Pfund, jeder wagen kost wenigstens 500 Pfund. Als weinhändler wird der Profit denke ich nicht gar zu groß seyn. Er schleppt sich auf zwey krücken, oder 2 hölzern Füssen.

Mein Gott, wen Haydn alles kennenlernte. Und die Leute liebten einen nur, wenn man sich nicht in seine Seelengeschäfte hineingucken ließ.

Du hast Samuel schnell geheiratet. Für mich hat deine Heiratsgeschichte etwas Unheimliches.

Hatte sie auch. Aber Liebe ist Liebe. Ich kannte ihn überhaupt nicht, kenne ihn auch heute noch nicht ganz. Was uns verband, war die Musik. Von neuen Leuten, die man kennenlernt und mit denen einen der Enthusiasmus für die Musik verbindet, wird man auch in eine neue Fühlwelt eingeführt. Später bezeichnet man das als Entwicklung. Ich habe nach sechs, sieben Jahren erkannt, dass meine Ehe eine Sackgasse war. Zu früh, zu jung. Ich war in eine Lebensfalle getappt. Vielleicht habe ich Samuel mit dir wiederbekommen. Er studierte bei Adam Hiller, und mit sechzehn trat er als Pianist beim großen Konzert in Leipzig auf. Zum Teil zusammen mit seiner schönen Schwester. Dann durch die Niederlande und England. Er ließ sich in London nieder, wo er von Bachs Sohn gefördert wurde. Dann wurde er Music Master der Königin Charlotte. Wir heirateten heimlich, und meine Eltern versuchten mit allen Mitteln, die Ehe auseinander zu bringen. Wir lebten damals in der Jamesstreet No. 6, Buckingham Gate, wohin wir 1786 gezogen waren. Sein Tod hat mich sehr getroffen. Deine Musik erinnert mich an seine. Du könntest hier in England bleiben. Der König und der ganze Hof wollen dich halten. Die Menschen natürlich auch. Ein Erfolg wie hier wird dir in Europa nicht mehr beschert werden.

Esterházy ist gestorben, sagte Haydn, und Nikolaus, sein Nachfolger, macht mir unglaubliche Angebote. Ich gehöre zu Schloss Esterházy. Ich habe dort über zwanzig Jahre gearbeitet, und mein Ruhm ist von dort ausgeflogen.

Und ich? sagte Rebecca. Habe ich etwas Falsches getan?

Manchmal dachte sie, er sei ein Anarchist oder ein Bilderstürmer, die durch London gelaufen waren und die

Jesus- und Marienbilder hinuntergerissen hatten. Haydn war bekennender Katholik in einem protestantischen Land. Das hatte sie noch nie gestört. Seine Musik wurde hier in England mehr von Protestanten als von Katholiken gehört.

In dem Augenblick flatterten von seinem Hammerklavier die ersten Töne auf sie zu. Sie kam sich vor, als wäre sie an einen Fürstenhof auf dem Kontinent verpflanzt. Diese Musik war ursprünglich nicht für die Öffentlichkeit bestimmt.

Rebecca legte sich wieder ins Bett und hörte den Tönen des Klaviers zu. – So kam ihr die ganze Musik vor: Halbschlaf. Oder fehlte es ihr an Sensibilität für die Originalität der Musik? – Ein bisschen war es auch Gesellschaftsmusik, die im Hintergrund laufen konnte. Nr. 11, von dem die Leute behaupteten, es sei nicht von Haydn. Aber es gefiel ihr am besten. Die Musik kam aus dem Kopf eines Katholiken, dachte sie, die Protestantin und Engländerin. Irgendwann würde sie versuchen, eine solche Musik auch zu komponieren. Vielleicht war Bach doch der Größere. Haydn hatte in Ungarn zwanzig Jahre Ruhe gehabt. Zwanzig Jahre mit dem Fürstenhaus Esterházy, dem reichsten Fürstentum Europas. Goethe hatte den ärmsten Fürsten zum Genossen gehabt. – Am besten, dachte sie, du hieltest deine Musik geheim, Haydn, sonst machen sich gleich die Giftspucker und Nachahmer daran. – Sie war eine lebensvolle Frau, und im Grunde misstraute sie der geistlichen Tonkunst. Manche Texte fand sie weitschweifig und philiströs. Aber sie liebte diesen Haydn, den sie sich mit ihrem ersten Billet erobert hatte.

ZWANZIG JAHRE SPÄTER (Haydn war längst wieder in Österreich) hörte Rebecca im Covent Garden noch einmal die Schöpfung. Das war ein gewaltiges Auf- und Abschwellen ihrer Seele, die wohl wusste, dass sie das meiste ihrer Zeitlichkeit hinter sich hatte.

Er war damals aufgestanden und hatte gesagt: Ich will mir mal dein Haus ansehen, deine Bücher, deine Notensammlung. Außer dem Zimmer, in dem sie sich aufgehalten hatten, gab es noch ein paar andere Räume, auch Schlafzimmer, aber die waren nicht benutzt. Er wanderte von einem Zimmer ins andere, ohne zu bemerken, dass er nichts anhatte. In ihrem Haus war er unsichtbar. Ein kleiner Salon, mit einer Sammlung von Geschenken. Schröter, das war ein deutscher Name, und er sprach auch deutsch. Aber auch französisch, italienisch und neuerdings auch ein bisschen klammes englisch. Er sah im Spiegel seinen Körper, aber er sah an ihm vorbei, öffnete eine Tür, und es war tatsächlich ihre Bibliothek. So viele Bücher hatte er ihr nicht zugetraut. Er zog einen Band Defoe aus dem Regal und stellte ihn wieder zurück. Der Einband hatte abgegriffen ausgesehen. Defoe mochte er auch. Besonders seinen Robinson. Er hatte ja zwanzig Jahre in Esterháza wie Robinson gelebt. Was die Libretto-Schreiber ihm gaben. Zum Teil war es altmodisch. Von Wieland hätte er gerne ein Libretto gehabt. Lavater in Musik zu setzen, hatte er abgelehnt. Plötzlich hörte er Schritte hinter sich. Rebecca hatte alles liegenlassen, um ihn zurückzuholen. Was hatte er in ihrem Haus zu suchen? – Ohne Erlaubnis. Sie hatte eine Pastete vorbereitet, und sie aßen sie gemeinsam im Schlafzimmer. – War das alles wirklich gewesen?

Sie waren beide frei zu tun, was sie wollten. Er ließ sich überreden, zu bleiben. Es war nicht seine erste Nacht in ihrem Haus. Die Leute bezahlten für Kunst, damals wie heute. Geistliche Musik, die beim Publikum ankam. Wohin sollte führen, was sie tat? Die zarten Notenbilder auf den in Kupfer gestochenen Blättern, und alles von ihm. Sag mir wie, wo, wann! Wenn sie die Leute in Haydns Konzerten ansah, wusste sie, dass die ihn nie verstehen würden. Frei, das heißt allein, so hieß es in einem österreichischen Volkslied. So hatte Haydn trotz seiner langen, unglücklichen Ehe gelebt.

Manchmal dachte Haydn, dass Rebecca die erste Frau war, die sich verstehen lassen wollte. Manchmal dachte sie: Ich denke. Aber sie wusste, dass sie mit satzförmiger Rede nur wenig aus der Amöbe herausholte, die ihre Beziehung war. Ihre Amöbe war die Musik und die Tatsache, dass Haydns Musik sie an ihren verstorbenen Mann Samuel erinnerte. In unseren Musikern, dachte sie, beten wir unsere Sybariten an. Über Haydns Musik hinaus zu kommen, ging nur im Traum oder in der Speculation.

Sie hatte die glorreiche Revolution von 1688 nicht mehr erlebt, war aber schon groß genug gewesen, zu hören, dass der König King in Parliament geworden war. England begann reich zu werden. Spinnmaschine, Dampfschiff. Mit der Methodistenbewegung verband sie auch etwas. Sonst hätte sie sich nicht Reste ihres Glaubens erhalten. Ohne den englischen Philanthropismus hätte sie Samuel gar nicht geheiratet. Der Sklavenhandel wurde verboten, hörte aber mit dem Verbot nicht auf. Sie hatte einen riesigen Bekanntenkreis, und manchmal speisten alle zusammen. Haydn muss sehr stolz auf ihre Liebesbriefe gewesen sein. Sie stand zehn Jahre vor der

Jahrhundertwende und wusste, dass sie von Musik viel verstand. Sie würde nie ein indiskretes Buch über Haydn schreiben. Sie kannte London gründlich, und die paar Leute aus ihrem Kreis, die etwas mitbekommen hatten, hielten den Mund. Sie hätte nicht gedacht, dass es so leicht gewesen wäre, von Haydn eine Lektion erteilt zu bekommen. Bei seiner Abreise hatte sie ihn selbst auf das Schiff gebracht und sich ein wenig vor dieser großen bauchigen Kogge erschreckt, die ihn auf Nimmerwiedersehen von ihr wegbringen sollte.

Sie blickte über die Front der anderen Schiffe, die hier vor Anker lagen. Mit seinen zehn Kilometer langen Ankerplätzen der größte Hafen der Welt. Der Name Westindia Docks reichte schon, um in der Welt etwas darzustellen. Die Westindia Docks lieferten den Rohrzucker für Haydns Tee. Beim Abschied auf Deck sagte er ihr, sie solle ihn doch einmal in Esterháza besuchen. Er schilderte ihr den dichtgefüllten Saal des Schlosses, die vielen Menschen, zum Teil auf Stühlen, zum Teil stehend, die Männer im schwarzen Frack und die Frauen in der Überzahl. Das große Orchester, das von einem Podium herab musizierte. Haydns Hammerklavier stand immer in der Mitte. – Sie hörte genau zu, was Haydn sagte, aber sie sprach keine Fremdsprache und würde ihre Insel nur ungern verlassen. Und ob Haydn überhaupt wirklich wollte, dass sie aufs Festland kam? Er hatte in Ungarn zu tun, und seine Verpflichtungen gingen weit über Österreich hinaus. Europa war eine große, bunte Wiese für einen Komponisten, der sein Handwerk verstand. Und Haydns Handwerk bedeutete mehr als nur verstehen. Wie konnte eine solche Musik auch nur

Gesellschaftsmusik sein? Sie gehörte in eine Halle oder in eine große Kirche. Oder man hörte sie ganz allein.

VOR SEINER ABREISE HATTEN SIE NOCH EINMAL BESCHLOSSEN, das Kloster Maria Trost in der Umgebung zu besuchen. Es war fast noch von den Kirchenvätern erbaut worden, und zur Zeit hatte man darin junge Mädchen kaserniert, um sie auf das, was die Nonnen „das Leben" nannten, vorzubereiten. Das Kloster war fast abrissreif gewesen, aber man hatte es noch einmal renoviert. Die Mädchen waren schlampig angezogen und arbeiteten meist in der großen Wäscherei. Es gab auch eine Pension und ein Pflegeheim. Auch die Londoner Priester schickten ihre Wäsche in das Kloster. Rebecca hatte gehört, die Mädchen seien von zweifelhaftem Charakter. Sie blickten in ein Zimmer und konnten sehen, dass die Mädchen auch Rosenkränze für Leute wie Haydn auffädelten.

Als sie am Abend zusammen speisten, standen ihr immer noch die Mädchen vor Augen. – Sie hatte selbst mit fünfzehn angefangen. Ihr junger, fast gleichaltriger Liebhaber kam jeden Nachmittag ins Haus ihrer Eltern geritten (jetzt ihres) mit einer Flasche irischen Whiskeys in den Satteltaschen. Dann gingen sie in ihr Zimmer und betranken sich. Es fiel Einiges vor, aber allzu viel trauten sie sich doch nicht. Wenn er in der Nacht wieder weg ritt, hatten sie beide gedunsene Gesichter: von der Liebe und vom Whiskey.

Die Frauen, die mir im Leben begegnet sind, waren mir alle fremd, sagte Haydn – bis auf dich.

London erstickt im Kohlenstaub, sagte sie.

Ich bin alt, sagte Haydn, ich kann an die Leute, die nach mir kommen, nicht mehr denken. Die Welt ist für mich Material, aus diesem Material komponiere ich meine Opern, Oratorien und Arien. So wie es jeder Künstler macht. Halbdinge, das ist ein schönes Wort, das aber auch undurchschaubare Dinge trifft.

Der Gesichtsausdruck ist auch ein Halbding, sagte sie, auch der Schall und was zwischen beiden liegt. Vielleicht hört dann die Sprache auf.

Er fand, dass ihre Briefe ganz einmalig waren. Ihre Stimme war auch ein schönes Halbding. Das beste Halbding, das die Menschen ergreifen konnte, war die Musik. – Das Konzert am 11. März 1791 im berühmten Hannover Saal – Höhepunkt war die neue Sinfonie Nummer 92. – Der Enthusiasmus des Publikums mündete in Raserei. – Haydn nahm dreihundertfünfzig Pfund netto ein, das Doppelte der Garantiesumme. – Er wurde Ehrendoktor der Universität Oxford. – Ganz England wollte, dass er auf immer blieb.

Du musst dein Koordinatensystem ändern, wenn du das hier aushalten willst, sagte Rebecca. Goethe hat das in Weimar auch getan.

Die Quintessenz war der Bewusstseinsstrom, der unterhalb der satzförmigen Rede in einem Sargassomeer von Gefühlen lag. Ein Satz war eine Träne im Traum. Sie war seine geheime Freundin. Und sie hatte es geschafft, dass die Journaille von dieser engen Freundschaft nichts mitbekam. Vielleicht waren sie sogar ein Liebespaar. Natürlich waren sie eins. – Sie hatte die übliche Ausbildung eines jungen englischen Mädchens erhalten. Natürlich durch Hauslehrer, und ihr Musiklehrer war ihr Mann geworden. Samuel Schröter. Gegen den Willen der Eltern. Aber mit ihrer Musikalität, ihrer Lebenslust und ihrer Kühnheit hatte sie es verstanden, sich durchzusetzen. Das sagte schon ihr erster Brief, mit dem sie Haydn gebeten hatte, sich ihr zu widmen:

Mrs. Schröter macht Mr. Haydn ihre Komplimente und informiert ihn, dass sie gerade in die Stadt zurückgekehrt ist und glücklich ist, ihn zu sehen, wann es ihm passt, um ihr eine Lektion zu erteilen. Den 29. Juni 1791

Das war gekonnt. Ganz schön kühn von dieser vierzigjährigen Lady. Und Lektionen hatte er ihr einige erteilt. Rebecca war vierzig Jahre alt und schön. Haydn war sechzig, klein und pockennarbig. Beide wussten, dass Anziehungskraft mit äußerer Schönheit wenig zu tun hatte. Wahre Kommunikation entstand nur durch Musik. Haydn musste das besser wissen als sie. Sie war mit Haydn, den sie sich selbst ausgesucht hatte, in eine unspaltbare Situation geraten, aus der sie gar nicht heraus wollte. In solche Situationen war sie zwei- oder dreimal in ihrem Leben geraten. Sie war nie wirklich aus ihnen herausgekommen. Sie wusste aber, dass er irgendwann wieder aufs Festland musste. Sie spürte, dass im Augenblick alles in Ordnung war. Seine Seele kannte sie, denn sie kannte seine Musik. Nein, sie liebte seine Musik.

Ob er Lust habe, mit seiner Laute zusammen mit ihrer Violine (sie spielte sie gut) eine seiner frühen Kompositionen für Laute und Violine einzuüben. Ich war noch keine dreißig, als ich die Sonaten für Laute und Violine schrieb. Sie sind mir auf meinen Wanderungen mit dem Baron Fürnik aufgefallen.

Man kann diese Wanderungen in der Musik spüren, erwiderte sie.

Die Musik war hell und freundlich. Nur einmal kam eine traurige Moll-Passage. Manche Sätze waren einen Ton tiefer transponiert, und sie konnte dabei in ihrem Inneren schöpfen. Gab es eine vollkommenere Beziehung zwischen Mann und Frau als das Zwiegespräch zwischen Laute und Violine?

Die Lautennoten habe ich zuerst geschrieben, sagte Haydn, die Laute ersetzte mir die erste Violinstimme der Quintettversion. Es war wunderbare, glockenhelle Musik. Aber die Musik verlangte, dass man sich allen Lebensprüfungen unterwarf. Die neue frische Musik versetzte sie in ihre eigene Jugend. Wenn Samuel nicht so früh gestorben wäre! – Hätte er überhaupt mit Haydn mithalten können?

Die Amorose-Episode, im Allegro; das waren sie und ER. Der Raum der Musik war nicht dreidimensional, er war absolut. Ein Raum, der noch Tausende ergreifen konnte, ohne dass sie hätten sagen können, warum. Fast schöner als gemeinsames Schweigen. Sie wusste nicht, ob der Zug dieser Musik Deutschland oder Österreich war. – Eher Österreich. Auch etwas ländlich und graziös! Seine Laute klang manchmal wie ein Spinett. Fürstenhof-Musik. – Sie wusste, dass Haydn sein Leben in Esterháza wie ein sclav empfand, und dass ihn sein Riesenerfolg in England aufgemuntert hatte. – Ergriffen, war das richtige Wort. – Haydn verstand, trotz seiner Pockennarben, ein Weib zu behexen. Ganz fremd konnten sie sich jedenfalls 1791 nicht gewesen sein. Haydn sprach so gut wie kein Englisch, Rebecca ein bisschen Deutsch; ihr deutscher Mann hatte ihr etwas Deutsch beigebracht. Haydn war fast ein Deutscher.

Sie gingen nach unten, und im Vestibül konnten sie sehen, wie England sich verändert hatte. Natürlich hatte sie ein oder zwei Dienstboten, die schweigen konnten. Aber draußen auf den Straßen, auch in den Konzerthallen, sah man Leute, die mit Dienstboten nichts zu tun hatten. Die Industrialisierung. – Deren Ursprung lag in ihrem Land. Die Landwirtschaft war schon fast kommerzialisiert. Aber viele Landarbeiter waren in die Städte abgewandert. Rebecca schämte sich, dass sie so viele festliche Kleider besaß, denn das Textilwesen in den Fabriken lebte von Kinder- und Frauenarbeit.

Sie stellte fest, dass sie immer noch nichts anhatte und dass Haydn nach Hause wollte. London hatte eine Million Einwohner, aber Haydn wohnte nicht weit weg. Sie würde Haydn ein paar Rätsel aufgeben, dann hatte sie die Herrschaft, und vielleicht würde er bleiben oder wenigstens zurückkehren. Sie hatte ein kleines Segelboot und zeigte ihm manchmal, wie man auf der Themse mit Hilfe des Windes dahinflog. – Manchmal stellte sie sich vor der Zubettgehen dicht hinter ihn, und er fühlte sich gut.

In der Nacht träumte er wieder etwas, das man schwer in Worte fassen konnte. Er träumte, dass Salieri, mit dem er doch inzwischen gut befreundet war, ihm an den Kragen wollte. Salieri musste etwas in den Büchern der Inspirierten gelesen haben. Die kannten auch nicht den Unterschied zwischen Denken und Handeln. – Plötzlich redete Salieri von der Melancholie, die man mit Nasentropfen heilen könne. Er würde abgelehnt. Konnte sich aber im Traum nicht dagegen wehren. – Das Unwillkürliche, das Abgespaltene, das waren solche Träume. Und vielleicht waren Rebeccas liebestrunkene Briefe aus einem Briefratgeber abgeschrieben. Er hatte sich jeden einzelnen ihrer Briefe in sein Londoner Notizbuch kopiert. Und wenn er darin blätterte, kamen sie ihm doch ein bisschen uniform vor. Trotzdem war Rebecca eine moderne, liebenswerte, musikalische Frau, ohne die er hier in London nicht so gut überlebt hätte. Manchmal fungierte sie sogar als Übersetzerin. Er war froh, dass er seine Gedanken nicht auszusprechen brauchte.

Rebecca hatte dazu gesagt: Wochenend-Ehebrecher. Die sind alle trelli! Deine Musik ist das schönste Halbding, das es gibt. Die großen Musiker wurden alle Gurus. Oder sie versuchten sich ungelenk mit einem Zwicker auf der Nase und vielen Entlehnungen in der Provinz als Künstler zu profilieren. Gott sei Dank hatte Haydn nie seine ersten sechs bäuerlichen Jahre in Rohrau vergessen, und die blieben in seinen Sinfonien und Streichquartetten der Seelengrund. Er hatte keine Lust, den wahren Zusammenhang der Dinge mit seiner Musik zu leugnen. Musik war wahrer als Sprache. Er hatte ja auf seinen Spaziergängen mit Fürstenberg seine Kompositionen und Serenaden im Freien vorgesungen. Das war auf Gut Weinzierl gewesen.

WAS ER HIER IN ENGLAND ERLEBT HATTE, war ein Lebenshöhepunkt gewesen, der sich wahrscheinlich nie mehr wiederholen ließ. Allein der Besuch im Vergnügungspark Vauxhall zusammen mit Rebecca. Vauxhall war ein Meilenstein der Abwechslung. Man zahlte eine Half Crown und schob sich durch einen Park, in dem ungefähr hundertfünfzig Stände mit allerart von Speisen zum Essen und Trinken einluden. In jeder einzelnen Butticke fanden sechs Personen Platz. Und wenn man saß, genoss man die großen Baumalleen, bei Tee,

Kaffee, Mandelmilch und leichter Musik, die auch ihm gefiel.

Rebecca hatte lange, blonde Haare und ein Gesicht, das immer jung sein würde. Ihre Gestalt groß und schmal. Aber Haydn hatte im Bett bemerkt, dass sie einmal ein kleines Bäuchlein bekommen würde. – Hatte sie Kinder, hatte er sie gefragt.

Nein. – Wie sie zu ihm hinsah, sie war ein bisschen größer als er. Eine Frau, die ihre Erfahrungen hinter sich hatte. Er hatte bei der ersten Musiklektion, die er ihr erteilt hatte, gefühlt, dass er sie noch heute Nacht in seinen Armen halten würde. So war es auch gekommen. Er war bis zum nächsten Morgen mit ihr zusammen gewesen. Morgens hatte sie sich von ihrem Bedienten ein Bad einlaufen lassen. Als sie am Frühstückstisch saßen, hatte er nicht das Gefühl, dass ihm ein fremdes Gesicht gegenübersaß.

Erzähl mir von den Leuten, mit denen du hier nähere Bekanntschaft geschlossen hast. – Sie versuchte ihr Negligé mit der linken Hand zusammenzuhalten, während sie die Kaffeetasse hob.

Ich habe eine Frau in Wien, die lässt sich alles Mögliche über mich zutragen.

Sie legte ihre Hand auf seinen Arm. Aber hier warst du noch mit keiner zusammen? Tut mir leid, wenn ich das frage.

Er pflegte seinen Kaffee, wie viele Österreicher, zu süßen. Und der Zucker, den er neben seiner Tasse stehen hatte, war der von gestern mit dem komischen Geruch. Sie würde der Sache nachgehen und Salieri in London besuchen. Die Konkurrenz unter den Musikkünstlern war immer riesengroß gewesen. Sie dachte an die Dinge, die sie ihm in der Nacht ins Ohr geflüstert hatte. Sie log den wenigen Männern, mit denen sie nach ihrer Ehe zusammen gewesen war, auch gern etwas vor. Haydn hatte gefragt: Was soll das heißen? – Da hatte sie sofort mit dem Reden aufgehört. Was hatten die anderen Männer eigentlich von ihr gewollt? Dieser hier mochte sie sehr gern, das hatte sie sofort gemerkt, als er ihr ihre erste lesson erteilt hatte. Eine doppelte Lektion. Niemand konnte gegen ihren liebenswürdigen Haydn einen Komplott geplant haben, es sei denn, er hätte übernatürliche Kräfte.

Sie hatte ein paar dieser Leute kennengelernt, die überall so taten, als verstünden sie etwas von Musik und wären die besseren Komponisten als Haydn, Mozart, Salieri oder andere. Aber sie hatte sich von keinem von denen den Kopf verdrehen lassen.

Haydn sagte plötzlich: Der Zucker hat mir nichts getan.

Sie erwiderte: Wir werden dem trotzdem nachgehen. Es muss nicht unbedingt von Salieri kommen, es kann auch von den Professionel Concerts kommen, die dir Salomon hatten abwerben wollen. Jetzt wollen sie deinen Schüler Pleyel an deiner Stelle auftreten lassen.

Pleyel liebt mich, sagte Haydn, wir sind Freunde. Er würde so etwas nie machen. Tatsächlich hatten die folgenden Wochen und Monate Haydns Meinung bewiesen.

Haydn musste zu Salomon, und sie nutzte die Zeit bis zum Abend, um in ihren Entwürfen nachzulesen, ob sie in ihren Liebesbriefen an ihn (vielleicht ein bisschen nach einer Vorlage) nicht zu weit gegangen war. Da stand unter dem 1. Juni 1792:

Mein Liebster, ich bitte Sie mir zu sagen, wie es Ihnen geht. Ich hoffe, Ihre Kopfschmerzen sind vollkommen weg, und Sie haben gut geschlafen. Ich werde mich glücklich fühlen Sie am Sonntagnachmittag zu jeder Zeit, zu der es Ihnen passt nach ein Uhr zu sehen. – Ich hoffe Sie am Dienstag wie gewöhnlich zum Dinner zu sehen und jede Nacht mit mir – und es würde mich Ihnen sehr verpflichten, wenn Sie mir sagen würden, an welchem Tag es angenehm wäre, Mr. uns Mrs. Stone in meinem Haus zum Dinner zu treffen, ich würde mich freuen, wenn es entweder Donnerstag oder Freitag wäre, welchen dieser Tage Sie auch immer festsetzen. Ich will an Mister Stone schreiben und ihn den Termin wissen lassen. Ich will Sie sehen mein Liebster, lassen Sie mich das Vergnügen haben, sobald Sie können, ich bleibe immer fest an Sie gebunden, mein bester Liebhaber.

Na ja, das jede Nacht mit mir hatte sie durchgestrichen, aber auch keinen neuen Brief angefangen, sondern es einfach stehengelassen. Er sollte ruhig wissen, was sie von ihm erwartete und wie gern sie ihn hatte. Hier in London gab es keine andere Möglichkeit, ihrem erfüllten Herzen weiter Luft zu machen. Die Briefe gingen jetzt schon über eineinhalb Jahre hin und her, und vielleicht war sie es, die Haydn mit London verband. – Sie wusste, dass sie Haydn ein bisschen ergriffen hatte. Seine witzigen, burlesken Träume.

WENN ER ANDEREN SOLCHE TRÄUME ERZÄHLTE, hielt man ihn vielleicht für verrückt. Sie hatten damals im Vauxhall auf einer Bank gesessen und in das weite Land geschaut. So viele Leute. Wie in einer Kirche, und jetzt wurden ihm solche Träume zuteil. Verhöhnung, Trug oder höhere Wahrheit? Sie wusste, dass die Zeit, die sie sich kannten, ihr Verhältnis schon verändert hatte. Was blieb von alledem übrig? – Schiller in Deutschland, der gerade geheiratet hatte, hatte von seiner Frau Charlotte alle Tagebücher verlangt. Und sie hatte sie tatsächlich ausgeliefert. – In einer Ehe so früh in die Defensive geraten? Er war im Leben zweimal von Frauen hereingelegt worden, einmal von seiner Frau und das nächste Mal von der Polzelli, die in Esterháza den Mezzosopran gesungen hatte. Polzellis Stimme trug nicht gut und er hatte die Libretti für sie ändern müssen. Er hatte ihr eine Lebensrente ausgesetzt, und kurz danach heiratete sie einen Italiener. – Dann war plötzlich Mozart zu Besuch gekommen, und Haydn freute sich so ihn zu sehen. Er klopfte ihm mehrmals auf den Rücken und sagte immer wieder: Mensch Mozart!

Er schlief sofort wieder ein und träumte. – Haydn wusste, dass Rebecca loyal war. Anders als die vielen Konzertagenturen, die sich in diesem Land, das keinen Fürsten hatte, an ihn herandrängten. – Rebecca, die ihm die Themse gezeigt hatte, mit großen und kleinen Schiffen, auf denen er gerne mit ihr zusammen fortgereist wäre. Links zog sich die helle Stadt am Themseufer hin, St.-Pauls-Cathedral von jedem Ort sichtbar. – Freiheit genießen! Na und? Auf den Straßen hatten sie gesehen, wie liebevoll die Eltern hier mit ihren Kindern umgingen. – Dagegen was er selbst durchgemacht hatte, der mit fünf Jahren seinem Elternhaus entrissen worden war. Aber nicht zu seinem Schaden. – Der Wunsch, einer Parlamentssitzung beizuwohnen, wurde ihm auch erfüllt, an der Seite Rebeccas. Ihm fielen die Beleidigungen und Grobheiten auf, die die Parlamentsmitglieder einander an den Kopf warfen. Einer sagte: It is quite absurd, what you have said. Wenn er zu Fuß durch die Straßen ging, nahm niemand von ihm Notiz. Ein Fußgänger war hier ein Niemand. Man brauchte zumindest ein Pferd oder eine Kutsche. Knapp ein Viertel der Bevölkerung konnte in Europa schreiben und lesen, das hatte den Kulturbetrieb langsam gefördert. Rebecca hatte gesagt, das brauche man alles nicht, Haydns Musik verstünden auch Analphabeten. Vielleicht besser als diejenigen, die lesen und schreiben konnten.

Haydn hatte gesagt: An diese Gemüter wende ich mich! Eigentlich war die englische Demokratie etwas Unerhörtes. – Und hier inmitten des Protestantismus zu leben, wo er doch so ein überzeugter Katholik war, der später die sieben Worte des Erlösers am Kreuz komponieren würde. Das sagten doch alle, die sein Oratorium gehört hatten. – Rebecca las manchmal in den Schriften der französischen Mystikerin Jeanne-Marie Guyon und empfand das Gelesene wie Haydns Musik. Natürlich würde sich Rebecca nie in einer mystischen Heirat mit Christus verbinden. Aber Rebeccas Seelenruhe überschnitt sich ein bisschen mit dem, was in den Schriften der Madame Guyon stand und von deren Schülern propagiert wurde. Das sanfte Helldunkel ihrer Darstellung und so viel unwiderstehlich Anziehendes für eine weiche Seele, hatte Karl Philipp Moritz geschrieben. – Die Religiosität war für Haydn kein lebenslanges Leiden, wie es die Frau Guyon gefordert hatte. Er glaubte aber, dass Seelenmystik dazu angetan war, den anderen besser zu verstehen. Und seine Philosophie war die Musik. – Haydn versuchte die Engländer besser zu verstehen und mit seiner grammar und durch bloßes Sprechen besser Englisch zu lernen, wenn er durch den Park ging. Ein bisschen gelang es ihm. Ja, Rebecca gab seinen Tagen in London Frieden. Weder war ihr Leben vorbei noch das von Haydn. Und ihr war völlig klar, dass mit seiner Abfahrt ihre Beziehung nicht vorbei sein würde. Natürlich hatte Haydn für die Fürsten geschrieben. Ohne fürstliches Mäzenatentum wären weder geistliche und weltliche Musik noch vernünftige Literatur denkbar gewesen. – Im Januar 1791 war er in London angekommen, im Juni lernte er Rebecca kennen, und Anfang Juli 1792 segelte er auf den Kontinent zurück. Im Januar 1794 zog es ihn zum zweiten Mal nach England. Sein Erfolg war noch größer als bei seinem ersten Aufenthalt. Er vollendete die Londoner Sinfonien und Klaviersonaten. Mit Rebecca musste er bis mindestens 1800 in Verbindung gestanden haben.

Hätten Haydns beide lange Englandaufenthalte ohne Rebecca funktionieren können? Die vielen Einladungen, die Vorstellungen bei König Georg III., das gemeinsame Singen mit der Königin, die Champagner-Orgien nach den öffentlichen Konzerten in den public halls. Haydn war sich darüber klar, dass es Rebecca war, die ihn die insgesamt drei Jahre in England gehalten hatte. Rebecca, die Liebe und die Musik. Er hatte an allem in diesem demokratischen Land teilgenommen. Seine Neugierde und sein Wissensdurst waren unglaublich. Er war, im Gegensatz zu ihr, von seinem fünften Lebensjahr an ohne Vater und Mutter groß geworden. Aber er hing an seinen Eltern wie niemand.

Sie war zu Beginn des Siebenjährigen Krieges sechs Jahre alt gewesen, die Jahre, in denen England durch den amerikanischen Krieg zur Handelsgroßmacht aufgestiegen war. Mit zehn Jahren hatte sie die Thronbesteigung Georgs III. erlebt. Als sie fünfundzwanzig war, war der nordamerikanische Unabhängigkeitskrieg gescheitert. Pitt war Premierminister geworden. Bücher und Noten waren für sie die Grundlage ihres Lebens geworden. Und natürlich auch die Noten von Haydn. Sie wollte die Zeit mit Haydn nicht auslöschen. Seine Musik würde über alle Zeit mit ihr sprechen. Sie, Rebecca, wäre es wert, geheiratet zu werden. – Zum zweiten Mal.

Sie waren auch in Haydns Marionetten-Oper Philemon und Baucis gewesen. Das greise Ehepaar Philemon und Baucis hatte den unbekannten Wanderern Zeus und Hermes Gastfreundschaft erwiesen. Sie durften dafür in ihrer Hütte, die in einen Amortempel verwandelt wurde, als Priester dienen und gleichzeitig sterben. Nach ihrem Tod wurden sie in einer Eiche und eine Linde verwandelt. Schon der Ire Jonathan Swift hatte darüber geschrieben. – Das Orchester war hinter der Bühne, und die Sänger und Sängerinnen lockten mit ihren Arien und Rezitativen. Die Musik und die fast mannsgroßen Marionetten ließen jedermann staunen.

Wenn man nur die ersten Takte hörte …

Im 18. Jahrhundert wurde während der Aufführung einer jeden Oper gesprochen. Man unterhielt sich oder aß etwas. Während Baucis' Stimme aus dem Bühnenhintergrund ertönte, und die Marionetten sich stelzenartig bewegten (etwas Schöneres hatte sie noch nicht gesehen), sah er sie an, wie sie in ihrem braunen Seidenkleide neben ihm saß. Eine Flut zärtlicher Freude ging durch ihre Adern. Sie kannten sich jetzt ein knappes Jahr, und seine Seele, an die er gar nicht mehr hatte glauben können, erleuchtete auch sie. Er glaubte, in der Musik, die er hörte (seiner eigenen), eine Berührung von ihr zu spüren. Als gerade ein Rezitativ gesungen wurde, legte er den Arm um sie. Aber er hielt seine plötzlichen Gefühle in Schach. Ihm war, als habe sie sich plötzlich von ihm abgewendet. Sie schien seine Gefühle zu spüren und wandte sich ihm wieder zu.

Wer war dieser Samuel? fragte er. Er fragte diese Frau, mit der er fast ein Eheleben führte, nach ihrem verstorbenen Mann. Ein bisschen Scham überkam ihn.

Ich habe mir viel aus ihm gemacht.

Woran ist er gestorben?

Schwindsucht oder der Whiskey! Sie seufzte ein bisschen.

Teil 2

ER DACHTE AN IHREN ERSTEN BRIEF und dass sich keine andere Frau so etwas getraut hätte. Vielleicht hatte sie das Bild ihres Mannes Samuel in ihrem Herzen verschlossen. Einer nach dem anderen würden sie zu Schatten werden. Er besann sich wieder auf die Musik. Er wollte nicht, dass sie glaubte, er interessiere sich im Übermaß für ihren verstorbenen Mann. Selbst wenn sie ihm alles erzählen würde, er wollte es gar nicht mehr hören. Als hätten sie niemals wie Mann und Frau zusammengelebt. Und London war mit seiner Million Menschen zu groß, als dass man über sie hätte reden können. Der Wohlklang der Musik war für beide berauschend. Die Ouvertüre hatte zwischen weich und hart geschwankt. Der zweite Teil der Ouvertüre war in seiner Zartheit unübertroffen. – Vielleicht war dies der Anfang einer Musik, die noch kommen sollte. – Die Marionetten bewegten sich so hölzern wie Soldaten. Die Puppen waren lebensgroß. Die fast sinfonische Musik ließ das Publikum zeitweilig das Reden, Essen und noch Weitergehendes vergessen. – Auf dem Kontinent war es nicht anders, besonders in Italien und Frankreich. Sie kannten die Partitur natürlich beide und warteten auf den finalen Jubel von Pauken und Trompeten. Sie wussten auch um den großen Aufwand, den ein Marionettentheater vor, hinter und auf der Bühne benötigte. Gerade sang der Chor sehr weltlich. – Aber dennoch hätte es auch in eine Kirche gepasst. Maria Theresia war damals bei der Erstaufführung dabei gewesen und war so gerührt, dass sie

Haydns Marionettentruppe sofort nach Wien eingeladen hatte.

Man wünschte, wie ein Vogel aufzusteigen, dachte Rebecca, und in ein anderes Land zu fliegen. Die Musik erinnerte an Christus. – Trotz aller Mythologie und märchenhafter Weltlichkeit. Sie fand es beruhigend, dass Haydn neben ihr saß. – Die Streicher waren melodisch, und doch drückten sich ein paar Gestalten unauffällig zur Pforte und gingen. – Alle Sorge erstarb in ihrem Herzen. – Ihre Lebensinseln waren nicht mehr da, sie spürte ihren Begleiter kaum noch neben sich.

Zwischendurch wurde immer wieder geklatscht, besonders von den jungen Männern. Hatte ein Musiker nicht eine eigene Sprache? – Haydn hatte sie. Irgendwann würden die britischen Agenturen für solche Opern keine Sänger mehr zusammenbringen. Im Augenblick lockte das Geld noch viele gute Sänger nach London. Der Gesangsstil der Narcissa war manchmal ein bisschen vulgär. Glaubte sie jedenfalls.

Als das finale furioso vorbei war, sah Haydn Rebecca stolz und zärtlich an. Sie gingen hinaus, wanderten eine Zeit lang die Straße entlang und fanden schließlich eine Droschke, die sie nach Hause brachte. Haydn gab dem Kutscher einen Schilling. Nein, die Arien der Narcissa waren doch nicht vulgär gewesen, aber sanft und zärtlich.

Als Haydn ihr zu Hause aus ihrer Mantilla half, empfand er einen Anflug von Zärtlichkeit und Begier.

Sie war nicht darauf eingegangen und sprach über die Marionetten. In ihrem Flurspiegel sah er seine breite, weiße Hemdbrust. Es war ruhige, fließende Musik gewesen, sagte sie, der frühe, jüngere Haydn war vielleicht der Bessere gewesen.

Wenige Zeit vor Haydns Ankunft in England war in Frankreich die Revolution ausgebrochen. So eine Umwälzung brauchte man hier nicht, das englische Gesellschaftssystem war ihr mehr als recht. England hatte ein Parlament, in dem alles ausdiskutiert wurde, was im Volke herumschwirrte. Auch ihr Geld war sicher. Die Spinnmaschine, der mechanische Webstuhl, die Dampfmaschine; sie hatte in alles investiert. Arm konnte sie nicht mehr werden, jedenfalls nicht, solange sie lebte. Außerdem war England nach dem Ende des Siebenjähriges Krieges Weltmacht geworden. Aber vorsichtig, wie sie war, lag auch etwas von ihrem Geld in der Landwirtschaft. Die Arbeiter organisierten sich. Ihr Geld arbeitete; es arbeitete aber auch nur dank des Sklavenhandels, den es immer noch gab. Sie brauchte keine Sklaven, ihre Domestiken hatten es gut.

Haydn war für seine Marionettenoper angezogen wie zu einer Hochzeit. So weit war es noch nicht. Jedenfalls nicht, so lange sich Haydn nicht bequemen würde, in England zu bleiben. Sie wollte nicht in die Haut seiner Frau schlüpfen, die allein in Wien lebte, in einem großen Haus, das er ihr gekauft hatte.

Du kaufst ihr diese ganzen Sachen, Joseph? Aber du bist selten dort.

Vielleicht lag es daran, dass ihre Beziehung neben der musikalischen auch körperlicher Art war. Ob er mit seiner Frau zärtlich war, wenn er in Wien war? Fuck, das klang im Englischen dominant und forsch. Sie mochte das Wort auch. – Wahrscheinlich auch die Tiere, die kein Ehegelübde abgelegt oder Bedienstete hatten. Und für Frauen, die nur ihre Männer für sich arbeiten ließen, hatte sie ohnehin nur Verachtung. Sie gehörte nicht in die

Welt des Pöbels, wo sich solche Dramen abspielten. Ein kleines Ehedrama hatte sie aber auch erlebt. Auch mit einem Musiker, an den sie vielleicht noch enger gebunden gewesen war als an Haydn. Nein, Haydn war der Größere. Die Übereinstimmung zwischen Musik und Gefühl war auch Räumlichkeit. Es war kein Kitsch, aber manchmal bekam sie beim Musikhören auch einen süßen Geschmack im Mund. Musik war auch ein Gefühl der Sympathie, das zwei Menschen verband. Es gab tiefe und flache Gefühle. Haydns Musik hatte Volumen. Als gäbe seine Musik ihr eine dimensionslose Weite der Lust. Stille und Pausen riefen fast das Gleiche hervor. Sie hatte das bisher nur bei Bach erlebt. Ihre Körperfläche wuchs, wenn sie Bach oder Haydn hörte. Der Ton hatte Qualität, Helligkeit und Stärke. Die plötzliche Anwesenheit und Ergossenheit der Stille. Das war das Unendliche. Das Unendliche drängte sich als Stille auf. Die Musik setzte dem zergliedernden Verstand eine Grenze.

HATTE SIE ALLES WIRKLICH ERLEBT? Vielleicht sollte sie einen Roman darüber schreiben. Trauer und Verlust, als er wieder über den Ärmelkanal gesegelt war. Aber er war nach eineinhalb Jahren zurückgekehrt, und sie hatten sich ganz Südengland angesehen. Haydn war trotz seiner fast sechzig Jahre agil, aktiv und kreativ. Er verstand sich auf den ersten Blick mit den Leuten und ging jeden Morgen in den Wald mit seiner grammar. Haydn sprach fließend italienisch und französisch, aber richtig englisch würde er nie lernen. Er war inzwischen aber so weit, dass er sich unterhalten konnte. Haydn war nur nach England gegangen, weil sein Fürst Nikolaus, dem er achtundzwanzig Jahre lang gedient hatte, plötzlich gestorben war. Sein Nachfolger wollte in sein eigenes Opernhaus nichts mehr investieren. Und Haydn hatte sich überwunden und – war zu ihr gekommen. Was ihn in ihrem Land erfreut hatte, war die höchste Reinlichkeit in allem.

Das Jahrhundert machte sich gegen sein Ende selbstständig. Was in Frankreich geschehen war, würde in England nie passieren. Man hatte ein Parlament, und alle Gegensätze wurden öffentlich ausgetragen. Die Redeschlachten waren oft brutal, und Haydn, der immer unter einem absolutistischen Fürsten gelebt hatte, empfand das als befreiend. Natürlich war London für einen Komponisten, der von seinem Fürsten entlassen wurde, auch ein Geschäft. Fast ein Geschäftsmodell, wenn er dageblieben wäre. Er hatte einmal gesagt, dass ihn in England ein ganz neuartiges Gefühl von Freiheit durchströmt habe.

Später, als es ihr zur Gewohnheit geworden war, nur noch Haydn und Bach zu hören und in die unzähligen Konzerte in London zu gehen, fragte sie sich, ob sie nicht auch selbst hätte komponieren können. Ein paar Kleinigkeiten von ihr hatte sie Haydn gezeigt. Sie liebte London und war immer noch eine Frau.

Auf seiner Reise zur Isle of Wight hatte es Probleme gegeben, und sie hatte ihm nachreisen müssen und ihn in Southampton erwischt. Sie waren beide entzückt, denn sie war auch noch nie dagewesen. Haydn hatte in sein Tagebuch geschrieben: Man erzählt, Julius Cäsar, da er sich flüchten musste, seye von ungefähr auf diese Insul gestossen, und er soll gesagt haben, dass ist der Götter Hafen. Sie waren viel am Meer gewesen und einen richtigen Badebetrieb gab es damals noch nicht. Einige Tage später unternahm er eine Reise nach Bath, in der

Mitte Südenglands, in der Grafschaft Avon. Die Kutsche fuhr morgens um fünf Uhr los und war abends um acht Uhr da. Sie wohnten bei Raucini, einem sehr berühmten Musiker, der auch zu seiner Zeit einer der größten Sänger war. Als Haydn ihn besuchte, war er schon fast zwanzig Jahre in Bath und lebte von seinen Susribtionskonzerten, die im Winter gegeben wurden. Er unterrichtete auch. Er war ein guter Gastgeber. Sein Haus lag auf einem kleinen Hügel in einer herrlichen Gegend, von der man die ganze Stadt übersehen konnte. Bath war eine der schönsten Städte in Europa, fast nur Häuser aus Steinen, die aus den umliegenden Bergen gebrochen wurden. Weiche, weiße Steine. Haydn prüfte sie so genau, dass er feststellte, dass man diese Steine schneiden konnte. Kaum Kutschen, aber jede Menge Sänften, auf denen eine lange Strecke nur sechs Pence kostete. Haydn bewunderte die Mutter einer sehr jungen Sängerin: ein sehr schönes Weib.

Es gab in Bath eine Harmonische Gesellschaft und Haydn setzte ein Gedicht, das deren Präsident geschrieben hatte, in Töne. Für Haydn war es vielleicht eine schönere Zeit als die drei Jahre in London. Drei Tage.

Haydn brauchte Rebeccas Geld nicht. Er spielte an einem Abend viertausend Gulden ein. Nach einem Konzert las sie ihm ein paar Seiten aus Tristram Shandy vor. Haydn hörte ihr zu und kommentierte. Sie wusste: Er war kein Heiliger, aber ein guter Mensch. – Später würde er vielleicht denken: Meine Zeit in London.

AN EINEM TAG WAR ER PLÖTZLICH VER-
SCHWUNDEN, und niemand wusste, wo er war. Sie hatte ihm am Vorabend noch einen Brief geschrieben:

Mein Liebster: Es tut mir extrem leid, dass ich diesen Morgen nicht das Vergnügen Ihrer Gesellschaft hatte, da ich Sie unglaublich gern zu sehen wünschte. – Meine Gedanken sind andauernd bei Ihnen, mein geliebter H. Und meine Gefühle für Sie wachsen täglich, keine Worte können auch nur zur Hälfte den zärtlichen Blick wiedergeben, den ich für Sie fühle – ich hoffe, mein liebster Lover: dass ich das Glück haben werde, Sie morgen zum Dinner zu sehen, zur gleichen Zeit begleiten Sie meine besten Wünsche, und ich bin ewig fest an Sie gebunden, mein lieber H.

Er hatte nicht geantwortet und war auch nicht zum Dinner gekommen, und so hatte sie sich auf die Suche nach ihm gemacht. Vielleicht war er noch einmal nach Ostengland gereist oder vielleicht auf die Insel Wight. Sie hatte noch einmal auf der Poststation nachgefragt, aber niemand half ihr weiter. Sie beschrieb ihn: Kantiges, längliches Gesicht, lange spitze Nase und einen zurückgenommenen Mund. Vielleicht sah er in einer Kleinigkeit doch ihrem verstorbenen Mann Samuel ähnlich. Er trug eine weiße Perücke mit zwei auffälligen Schläfenlocken. Seine Augenbrauen saßen hoch und stark und seine Augen waren braun. Zum Zeitpunkt, an dem er verschwunden sein musste, trug er einen dunkelblauen Rock aus Wollstoff und Spitzenjabots unter dem Kinn und an den Handgelenken. Er machte auf den ersten Anblick einen ehrlichen Eindruck, und er war auch der ehrlichste Mensch, den sie in ihrem vierzigjährigen Leben kennengelernt hatte.

Sind Sie seine Frau? Wurde sie gefragt.

Nein, aber eine gute Freundin. In England ging man mit diesen Dingen großzügig um. Er konnte nie richtig zornig werden. Sie glaubte nicht, dass er an eine dieser

Brünetten geraten war, die in seine Konzerte gingen und in die erstbeste Hand fielen, die sich nach ihnen ausstreckte.

Der Droschkenkutscher grinste sie an wie ein alter Feind.

Sie beschloss, ihre Gedanken auf die Insel Wight zu lenken oder es noch einmal in London zu versuchen. Sie kannte die Stellen, an denen er sich am liebsten aufhielt, wenn er in der Stadt war. Sie hatte nicht vor, ihn auf diese Weise zu verlieren. In London oder Umgebung verschwand nichts so leicht. Die Polizei war aufmerksam, und Haydn würde höchstens durch seine Kleidung auffallen. Eigentlich müsste sie ein System haben, um nach ihm zu suchen.

Schließlich hatte sie ihr Weg in die dunklen Straßen Londons geführt, wo in den Hauseingängen ganz junge Mädchen herumlungerten. Übrigens auch Männer. Jungen. In einem Hauseingang sang man For he is a jolly good fellow. Sie hatte die Wege von Haydn nie nachverfolgt und kam sich vor wie die Fliege im Fliegenglas. – Goethe fiel ihr ein. Der hatte in einem seiner Bücher erzählt, wie man einen Verschwundenen durch pure Körperlichkeit wiederfand, durch ein Spüren, das auch etwas Unheimliches hatte. Goethe war selbst nicht sicher, ob er mit seinen Worten nicht ein bisschen angab. Philosophia ancilla theologiae. Die Philosophie war die Magd der Theologie. Seit zehn Jahren gab es Kant, und es konnte doch mit der Magd kein Ernst gewesen sein. Sie würde also die Augen geschlossen halten, während sie durch London strich, und sich auf ihre Spukempfindungen verlassen. Das war für eine schöne, pragmatische Engländerin eine Überwindung. Und kaum hatte sie das gedacht, glaubte sie Haydn auf der Straße vor sich zu finden. Es wurde gedrängt und geschubst. Englische Straßen waren nicht sicher. Obwohl, so hatte Haydn es ihr erklärt, sie doch recht sauber waren. Im Grunde sei England an Reinlichkeit nicht zu überbieten. Hatte Haydn an diesem Tag seine weiße Leibwäsche angezogen? Sonst würde er auf den Gehsteigen bestimmt angepöbelt. – Auch eine Möglichkeit, ihn zu entdecken. – Ein Haydn ging nicht verloren. Oder hatte man gar versucht, ihn zu entführen? – Da vorne war er! – Nein, doch nicht.

Als sie in ihr Haus zurückkehrte, war Haydn wieder da. Sie hatte sich wirklich zusammengenommen, um ihn nicht anzufahren. Sie machte ihm auch keine Vorwürfe. – Haydn sagte, es habe ihn einfach ein wenig umgetrieben. Er habe in einem Pub übernachtet, das auch Zimmer vermietete.

Haydn war der Typ, der so etwas machte. Er hatte ihr erzählt, dass er ihr schönes Land am liebsten auf eigene Faust durchwanderte. Während seines zweiten Aufenthalts in England fing Napoleon schon an zu drohen. Das würde Haydns kindlichem, heiterem Gemüt nichts anhaben.

Er hatte auf seiner Wanderung rund um London viel gesehen. Er hatte die aggressive Geistlichkeit erlebt und dass sich Geistliche hier sogar duellierten. In zwei Gaststätten hatte man ihn hinausgewiesen, weil seine Wäsche nicht weiß genug war. Er hatte nicht genug Geld für die üppigen Trinkgelder dabei und wurde deswegen beim Abschied verhöhnt. Er hatte in dieser halben Nacht das seltsame Gefühl, sich unter lauter Menschen zu befinden, die eine fremde Sprache redeten. Gott sei Dank verstand er inzwischen ja ein bisschen.

Heute mal ohne Musik, sagte Haydn.

SIE GINGEN IN DEN COVENT GARDEN und sahen sich eine Komödie an. Wenn man im Parterre saß und keine Loge hatte, konnte es einem passieren, dass einem von den Rängen verfaulte Apfelsinenschalen um die Ohren flogen. Apfelsinen waren in England im Augenblick sehr billig. – Preiswert, sagte Haydn.

Im Theater am Haymarket sahen sie Haydns Oper Orlando Paladino. Haydn war gerade mal dreißig, als er sie geschrieben hatte. Rebecca hatte sich schon, seit er in England war, darauf gefreut. Auch hier raste der Pöbel, bis eine Arie, ein Rezitativ oder ein schönes Zwischenstück wiederholt wurde. Manchmal zwei-dreimal. 1782 war die Oper komponiert worden, und im Libretto gab es reichlich Durcheinander. Von Logik konnte, wie in fast jedem Opernlibretto, keine Rede sein. Plötzlich stand ein Krieger auf der Bühne, verfolgte jemand, wurde selbst verfolgt. Es gab Lethe, die bei den ungestümen und verliebten Sängern Gedächtnisverlust bewirkte. Die schöne Musik und die ständigen Überraschungen, das antike Kostüm und die Mythen, die das Volk ein bisschen kannte, ließen die meisten mitfiebern und sich auf den Hörgenuss beschränken. Jeder Akt war eine eigene Geschichte. Merkwürdigerweise hatte das Fürstenhaus Esterházy diese großartige Oper nicht besonders wertgeschätzt. – Angelica, eine der Heldinnen, gab sich Medoro hin, und in seiner Arie fürchtete Orlando, den Verstand zu verlieren. So eine Arie war etwas fürs Publikum. – Zufall, Höllenqualen, Flucht, das waren die großartigen Elemente dieser Oper. Eine Zaubergrotte und der Lethe-Fluss. – Den Erinnerungsverlust, mit dem die Oper endigte, fand Rebecca sehr schön, Haydn wollte hinterher nicht mit ihr darüber sprechen.

Als die Musik begann, hörte man im Parkett auf zu reden und zu essen. Das Bewusstsein der Figuren in Orlando Palandino schwankte zwischen plötzlichem Schrecken, Eifersucht und Genuss. Eurilla erzählte. Die Ouvertüre begann mit einem lauten, melodiösen Stakkato. Rebecca war sich sicher, dass sie sofort in Haydns beste Oper hineinfand. Und dann trat Rodomonte auf, der unbesiegbare König der Berber. Wie der sich aufplusterte. – Aber so war das in einer guten festlichen Oper. Die Stimme Eurillas, die die Vorgeschichte erzählt, war sehr schön, vielleicht ein bisschen zu dünn. Die Situationen von Eifersucht, Ergriffenheit und Liebe nahmen zu. Es war schön. Und das Publikum blieb ganz ruhig. Es war Zaubermusik, wie auch in fast jeder Oper Zauberbücher und Zaubertränke benutzt wurden. – Bevor es zu einem Kampf kam, wurden die Figuren immer wieder verzaubert und - - - kämpften nicht. – Die Arien der vielen, ach so gegensätzlichen Helden wurde immer von Pauken und Trompeten flankiert.

Rebecca war auch Mozart-Fan. Aber was war Mozart gegen diese Oper? – Die sich auch im Laufe der Jahre zur meistgespielten Oper Haydns entwickeln sollte. – Schlaf, Traum und Erwachen. Das Orchester war in seiner Sanftheit würdevoll. Ein Opernlibretto war kein Traktat. Nur eine solche Oper konnte das Stimmvolumen hervorlocken und es sich in seiner Leiblichkeit ausbreiten lassen. Das Orchester war genial.

Die herzzerreißende Melodie der Arie, das konnte nur eine Weltstimme ausdrücken. Sie hatte den Namen des Sängers vergessen. Das war schöner als jede Sprache, und auch jede Wollust. – Solche Opern würde man immer hören wollen. Aber sie wusste: Es würde eine andere

Zeit kommen, in der man andere Musik hören wollte. Die Medien würden die Barockmusik nicht ausdauernd zu schätzen wissen. Was der Pöbel angedeutet hatte, hatte Napoleon fortgesetzt. Das würde auch die Macht des Adels untergraben. In England, das ein intrigenreiches Parlament hatte, war es noch lange nicht vorbei. Sie war in der Londoner Gesellschaft fest verankert, und ein paar Jahrzehnte würde sie es noch machen. Die Wirkung dieser Oper war ganz außerordentlich. Man war zugedeckt von den schönen Klängen und den schönen Stimmen. – Ja, der Schall war ein Raum. – Die schöne Musik hypnotisierte sie. Sie schlief ein und träumte, sie sei mit Haydn zusammen im großen grünen Hyde-Park. Sie tummelten sich im Gras und vergnügten sich. Ihr verstorbener Mann Samuel war auch dabei. Sie machten Kniebeugen, und ihre langen schlanken Brüste berührten fast den Boden. Dabei sprachen sie über Paradoxien, und Haydn sagte, die Musik sei das größte Paradox. – Den Gedanken an die Paradoxien konnte man fallenlassen. – Absolute Räume sah er nur in der Musik. Mit der Musik jauchzte sich die Seele über alle scheinbaren Widersprüche hinweg.

Eigentlich war die Oper pathetisch und künstlich. Sie sollte Fürstenmacht zeigen. In ihrem Land gab es aber kaum noch Fürsten. – Die Musik war hell, zärtlich, ausgesponnen und brachte sie nach innen. Ob Haydn wenigstens in seiner Englandzeit bei ihr blieb? Männer und Frauen wussten nicht, was das noch nicht Seiende brachte. Die meisten Menschen dachten nicht einmal drei Tage voraus. Deshalb konnten auch Kriege entstehen. Das Bewusstsein gab es nicht, es gab Menschen, die sich auf das Bewussthaben etwas einbildeten. – Haydn hatte sich darüber gewundert, dass ein Parlamentsmitglied wegen Korruption zu dreitausend Pfund Geldstrafe und drei Monaten Gefängnis verurteilt wurde. – Verbarg sich der Nepotismus hier nur besser?

ALS ER IM JANUAR 1794 ZUM ZWEITEN MAL NACH ENGLAND (ZU IHR!) KAM, sah sie ihn schon ganz früh im Londoner Hafen auf einem der kleinen Landungsboote, mit denen die Passagiere ausgeschifft wurden. Die großen Segler durften nicht in das letzte Stück des Hafens, weil die Gefahr bestand, dass die Schiffe aneinanderstießen. – Er war schmal geworden und hatte (wahrscheinlich ihretwegen) auch etwas abgenommen. Aber sonst sah er aus wie immer. Sein Gesicht hatte etwas Innerliches, vielleicht auch Verschrecktes bekommen. – Als er mit seinen zwei Koffern an Land war, hatten sie sich lange umarmt, und sie war doppelt froh gewesen, ihn für mindestens noch einmal eineinhalb Jahre bei sich zu haben. Sie hatte ihm eine Wohnung, nicht weit von ihrer, besorgt, und sie würden sich wenige Briefe schreiben, weil sie sich täglich sahen. Fast jeden Tag. Also in der Bury Street, gleich gegenüber dem St.-James-Theater. Er war noch nicht lange da, da hatte er ihr seine Trios Op. 82 gewidmet. Jetzt hatte er erst die meisten Sehenswürdigkeiten Englands kennengelernt. Erstaunlicherweise erinnerte sie sich an seinen ersten Aufenthalt besser als an seinen zweiten. Vor allem: Haydn war durch die zwei Aufenthalte in England finanziell völlig unabhängig geworden, und es gab niemanden, der sich darüber mehr freute als sie.

Er hätte im Juni 1795 abreisen sollen, aber er blieb noch bis August, weil er es nicht über sich bringen konnte, sie so schnell zu verlassen. Unter seinen

Abschiedsgeschenken war das Schönste ein großer, sprechender Papagei. Wie gern hätten ihn alle nachgeahmt. Haydns Seesack war voll neuer Kompositionen, als er auf dem Kontinent ankam. Alle in England geschrieben.

Ende August 1795 war Haydn wieder in Wien. Er stand um halb sieben auf, rasierte sich und gab Unterricht. Punkt acht Uhr aß er sein Frühstück. Dann fantasierte er auf dem Klavier und komponierte dabei. Dann Visiten, und zwischen zwei und drei aß er zu Mittag. Manchmal verfeinerte er dann noch seine Partitur vom Morgen. Um zehn Uhr abends gab es Abendbrot. Nur Brot und Wein. Manchmal überprüfte er danach noch lange die Rechnungen seiner Dienstboten. Das tat er gründlich und ohne Ungeduld. Sie gingen die Treppe zu ihren Schlafräumen hinauf. Ihr verstorbener Mann Samuel musste sich mit seiner berühmten Schwester Corona gut verstanden haben. – Die Geschwister waren beide von dem berühmten Leipziger Komponisten Hasse ausgebildet worden und hatten schon als Kinder in seinen Oratorien gesungen. Goethe hatte Corona aus Leipzig nach Weimar geholt, wo sie über fünf Jahre eine von Goethes Mätressen geworden war. – Und auch der Star des gesamten Weimarer Musenhofs. – Goethe schrieb viele Rollen für sie, und wenn Corona in dem Trauerspiel Iphigenie ihre Hand auf Goethes Brustharnisch legte, erzitterte der ganze Musenhof. – Rebecca selbst war nicht so groß wie Corona. Aber schön. – Corona musste, trotz ihrer ganzen Kunst, in Weimar in Misskredit geraten sein. – Sie war zu selbstbewusst, selbst für Goethe und den gesamten Adel. Vielleicht war sie auch für kurze Zeit die Mätresse des Weimarer Herzogs gewesen. Man mochte in Weimar keine Künstlerin, die auf die Meinung der anderen nichts gab, sich von einer wesentlich älteren Frau bedienen ließ, mit der zusammenlebte und sich sonst auch um nichts kümmerte. Aber auf der Bühne und durch ihr Rezitativ alle in den Schatten stellte. Goethes erste Mätresse, Frau von Stein, war nie ins Musenhof-Theater gekommen, wenn Corona auftrat. Goethe übernachtete jede zweite Nacht bei Corona, ging mit ihr bei Vollmond in seinem Garten am Stern spazieren, ritt mit ihr aus oder trank mit ihr Kaffee. Alles unter den Augen der misstrauischen Frau von Stein.

Rebecca hatte Haydn so viel von Corona erzählt, wie sie wusste, und Haydn wunderte sich, dass Goethe ihn noch nicht gebeten hatte, etwas von ihm in Musik zu setzen.

Rebecca legte diesen Gedanken schnell beiseite. Sie hätte sich gerne einen Seelenberater für ihr zersprungenes Herz gesucht. Aber Goethe hatte gesagt, Rat geben sei Anmaßung, und Rat anzunehmen sei Beschränkung.

WOCHEN VERGINGEN. HAYDN WAR WIEDER in Esterháza, weil er sich in der Spitze dieses opulenten und riesigen ungarischen Orchesters niemand anders vorstellen konnte als sich selbst. Seine Geliebte, die Sängerin Polzelli, war in Italien und seine Frau war tot. In Gedanken war er oft in seinem Geburtsort Rohrau im Burgenland. Das Haus an der Straße gelegen, breit, klein und weiß, einstöckig, als wäre das Strohdach von oben zusammengequetscht worden. Wenn er nicht Musiker geworden wäre, wäre er dageblieben. Ein ehrlicher Bauernsohn. Vielleicht wäre er auch Wagner geworden oder Marktrichter wie sein Vater, und hätte Wein angebaut und gekeltert. Mit fünf Jahren in eine fremde Familie hineingestoßen, mehr Prügel als zu essen. Im Jahr 1749 wurde er, fast ohne Geld und Kleidung, auf die Straße gesetzt. Wirklich weitergeholfen hatten ihm die Klaviersonaten Carl Philipp Emanuel Bachs. – Was er damals komponierte, war alles ein Werk der dringendsten Noth. – Er heiratete eine drei Jahre ältere Frau, in deren Schwester er sich verliebt hatte. Die ging ins Kloster. An seinen Vater schrieb er als Begründung: Ein lediger Mensch lebt in meinen Augen nur halb, ich hab halt solche Augen, ich kann nicht dafür. Haydns Frau bekam keine Kinder und die Ehe wurde unglücklich. Mein Gott, wie gut hatten ihm die drei Jahre in England getan. Natürlich wurde er schon ausgenutzt, als er bei Fürst Esterházy anfing. – Anfing: Er sollte fast dreißig Jahre für das Fürstenhaus Esterházy komponieren.

Rebecca hatte ihm nach seiner Abreise noch ein paar Mal geschrieben, auch ein paar Erinnerungen. Haydn in diesem Etablissement. Ein Schnellzeichner hatte ihn dort abgestrichelt. Sie hatte ihm die Zeichnung nachgeschickt: Eine dünne Dirne in einem roten Kleid neben ihm. Haydn war nicht von selbst hierhergelangt. – Irgendein Stadtführer … Die Frau hatte eine volle Brust und eine gute Figur, aber sehr dünn. Mit Haydn auszukommen, war leicht. Rebecca wollte ihn nicht verlieren. Sie liebte ihn, und er war für sie auch ein bisschen zum Gesellschaftsmenschen geworden. Als er in England ankam, besaß er zweitausend Gulden. Als er wegsegelte, hundertzwanzigtausend.

Die hatte er jetzt mit nach Esterháza genommen. Hoffentlich dachte er nicht an sie als eine hysterische Frau, die sich nur einen Liebhaber zulegen wollte. – Dazu mochte sie ihn zu sehr. – Und seine Musik. – So wie sie die Musik Samuels gemocht hatte. Bei Samuel war es auch dessen Schönheit gewesen. Bei Haydn die Musikalität. Besser: seine großartige, angeborene Musikalität. War Musik für die Sympathie ein Totschlagargument?

Einmal hatte er vor dem Spiegel gesehen, wie sie sich auszog. – Danach hatte er auf Samuel Schröters Platz gelegen. Ein paar Andere sicher auch schon. – Freiwillig? Bezahlt? – Haydn wusste, dass sie ihn sehr liebte. Wenn einer vierzig oder sechzig Jahre alt ist, kommt er nicht aus dem Nichts, hatte sie gesagt. Was ich getan habe, ehe ich Sie kennenlernte, kann ich nicht ändern, sagte sie. Und zwischen ihren aufgemalten Augenbrauen bildeten sich Furchen. Sie war ein bisschen in die Tonlage verfallen, in der man nicht die Wahrheit sagte. Er hatte ihr damals ein Baryton gekauft, einen vergessenen Verwandten der Viola d'amore. Unterhalb des Griffbretts waren Saiten, die man mit dem Daumen der linken Hand zusätzlich zupfen konnte. Das Baryton war schwer zu spielen. Aber Haydn mochte es und hatte sich sehr darüber gefreut, dass sie es in dieser Technik so weit gebracht hatte. Eigentlich war sie auch eine Klaviersolistin. – Sie, die im freien London aufgewachsen war, hatte sich immer wieder darüber gewundert, welch untertänige Briefe Haydn nach Österreich und Ungarn geschickt hatte. Hier war er ganz anders. Ein hochbegabtes Schlitzohr hatten ihn manche Engländer genannt. Ein guter Mensch, sagte sie zu sich selbst.

In Bath hatten sie die Abteikirche besichtigt und hatten danach ein paar Stunden in der warmen Thermalquelle zugebracht. Die Stadt war ein Meisterwerk ihres Jahrhunderts. Der von hundertvierzehn ionischen Säulen flankierte, kreisförmig verlaufende Straßenzug war

von John Wood gebaut worden und barg dreißig aristo-
kratische Häuser mit fast tausend Räumen. Es gab viel
Grün in der Stadt, das sie, zurück in London, vermissen
würden.

WAS HATTE EIGENTLICH ZWISCHEN IHNEN
STATTGEFUNDEN? Sie hatte die Coolness gehabt,
ihn um eine lesson zu bitten. Und er hatte gleich gewusst,
was mit lesson gemeint war. Aber siebzig Prozent davon
waren Musik. Damals waren sie nicht gleich in ihr Haus,
sondern etwas trinken gegangen. Sie hatte ihn mit ihrem
schlechten Deutsch über seine Musik ausgefragt, und er
hatte gleich gemerkt, dass sie seine Musik mochte und
etwas davon verstand. Schließlich hatte sie ihre lesson
bekommen. In Musik und in jeder Hinsicht. – Sie stellte
eine Betrachtung darüber an. Haydn war nicht nur der
größte Musiker, er war auch einer der intelligentesten
Menschen, die sie je kennengelernt hatte. Ohne etwas
durch seine Geburt zu haben, ohne Mittel, anfangs ohne
Kenntnisse der Setzkunst, war er, ohne jemandem zu
schaden, dorthin gekommen, wo er jetzt war. In Indien
wäre er Brahmane geworden und hätte vielleicht mono-
tone Gesänge komponiert oder wäre zum Buddha aufgestiegen. Sie war fest davon überzeugt. Natürlich hatte er
in England auch viel verdient. Aber nie hatte er (auch ihr
gegenüber) unlautere Absichten verfolgt. Sie wusste, dass
er verheiratet war. Aber das störte eine englische Lady
von vierzig Jahren nicht. Die drei Jahre mit Haydn waren
eine Erhebung aus ihrem bisherigen Stand gewesen.
Macht über sich hätte Haydn nie zugelassen. Sie hatte
seine Musik längst gekannt, bevor er hier gewesen war.

Sie war sehr froh. Er hatte das erkannt und sie gefragt: Bist du wirklich froh?

Ja.

Ganz sicher?

Ja.

Yes! – Sie ließ das Wort in ihrem Mund herumrollen. Sie war die Sorte Frau, die er gebraucht hatte. Und wäre seine Heirat in Österreich nicht gewesen, hätte er sie bestimmt geheiratet und wäre dageblieben. Sie hatte ihm auch geholfen, sich in der Londoner Musik-Mafia durchzusetzen. Seit sie ihn kannte, lackierte sie sich nicht mehr die Fingernägel. Es gab nichts, was sie nicht für ihn getan hätte. Sie las ihm Jonathan Swifts Gedicht Cadenus und Vanessa vor. Und sein Herz hatte wild geklopft. Sie wurden ziemlich eng miteinander vertraut. Sie zeigte sich ihm auch ungeschminkt, und er fand es toll und bewunderte es. So bräutlich war sie sich in den drei Jahren noch nie vorgekommen. Selbst nicht in ihrer Ehe. Die Jungen, die sich an sie herangedrängt hatten, hatte sie abgewimmelt. Immer. Mit diesem Musiker als Freund fiel sie nie aus dem Rahmen. Sie log wenig und konnte mit Haydn ihren unzähligen Freundeskreis mit Karten versorgen. Er stammte aus einfachen Verhältnissen. – Im Bett hatte sie immer zittrig geseufzt. Und diese Tage und Nächte waren die schönsten gewesen. Sie hatten in diesen Tagen, wo sie öfter zusammenwaren, die umliegenden Landgüter besucht und sich einladen lassen, denn inzwischen kannte sie hier jeder. Die Räume voll mit Chippendale-Möbeln, und das Essen prachtvoll.

Ihre Freundinnen waren auch ein bisschen neugierig geworden und glaubten, sie röchen etwas. Viele von ihnen hatten etwas mit einem älteren Mann, und den Haydn hätten sie ihr fast alle gerne abgespannt. – Rebecca hatte sich zwei der erfolgreichsten Musiker ihrer Zeit gefischt, Samuel Schröter und ihn, Haydn. Manchmal kam sie ihm zu überlegt vor. Sie hatte auch die Beziehung mit ihm hinbekommen. Woher konnte sie überhaupt wissen, dass er auf ihr erstes Billet eingehen würde? Sie war schön, aber nicht aufgeputzt. – Hatte sie Samuel wirklich geliebt oder war es nur sein Klavierspiel gewesen? Die Sinnlichkeit war da, und sie spielte auch heute noch eine Rolle. Immerhin hatte sie zweimal ihre Männer selbst ausgewählt. Was war sie überhaupt für eine Frau? – Es gab ganz ähnliche in der englischen Gesellschaft. Scham oder Reue kannte sie nicht. Das hier war etwas gegen den Überdruss und die Hoffnungslosigkeit, die die englischen Frauen der Oberklasse in ihrem Alter oft überfiel. Ihre Freundinnen beklagten sich, dass sie zu wenig Lebenslust besäßen. Warum hörten sie nicht Haydns Musik? Sie wandte sich zu ihrem Teetisch und zählte das Geld, das sie beim Pferderennen gewonnen hatte. – Vielleicht war ihr Samuel als Ghost in Haydn wiedergekehrt.

Sie war wie eine Undercover-Agentin in Haydns Leben eingedrungen. Aber warum, wie? Was hatte sie davon gehabt, außer dem bisschen Zärtlichkeit und der wirklich unglaublichen Musik und natürlich auch der Nähe, die ihr dieser ungewöhnliche Mann gegönnt hatte. Sie würde gerne alle Opern der letzten Zeit von ihm nacheinander hören. Mit ihm oder ohne ihn. Man begann schon, sein Werk in Epochen aufzugliedern. Als ob das möglich wäre. Haydn war gerade dabei, sich noch viel weiterzuentwickeln. – Sie hatte Haydns Musik schon vor langer Zeit kennengelernt. – Erst war sie in Haydns Opern gegangen, soweit sie in London aufgeführt wurden. Eine nach der anderen. Samuel hatte Haydn auch gerne gehört, hatte aber seine Blüte nicht erleben können. Was Samuel gehört hatte, hatte er gesunde Volkstümlichkeit genannt. Haydn war viel mehr. Er kannte die Struktur der italienischen Oper ganz genau. In den frühen Opern siegten weibliche Intelligenz und weiblicher Hintersinn immer über männliche Gewalt. Haydn begann jetzt, die alte opera seria zu parodieren. Oft sagten Frauen Männerrollen. Kleiderwechsel, Tempowechsel, Eheverträge. Alles parodierte und blockierte sich gegenseitig. Fürst Esterházy mochte diese Opern und konnte sich daran nicht satt sehen. Manchmal bis zum Morgengrauen. Fast immer triumphierte die Liebe über alle Schwierigkeiten. Ein Orchesterrezitativ, wo gab es so etwas? Gute Arien verwendete Hayden zwei-, dreimal. Willkür, Lust (fast Wollust), Natürlichkeit und Witz.

Wenn sie im Bett lagen, rauchte Haydn gerne seine Tonpfeife. Den Aschenbecher stellte er auf ihren Bauch, genau zwischen Brust und Geschlecht. Sie geriet darüber einmal so ins Lachen, dass ihr Bauch wackelte und der Aschenbecher herunterfiel. Er hatte sich wortreich entschuldigt, aber sie hatte das eigentlich ganz schön empfunden, so viel brennende Leidenschaft auf ihrem Bauch.

SIE GRIFF NOCH EINMAL NACH DEN BRIEFEN, die sie ihm Anfang der 90er Jahre geschrieben und zurückgefordert hatte (jede Frau, die auf sich hielt, tat das). In der Nacht zum 6. Juni 1792 hatte sie geschrieben:

My Dear: Ich kann meine Augen nicht zum Schlafen schließen, bis ich Ihnen nicht zehntausendmal Dank für die unaussprechliche innere Freude ausgesprochen habe, die mir Ihre entzückenden Kompositionen und Ihre reizenden Konzerte gegeben haben. Seien Sie versichert, mein liebster Haydn: Das unter all Ihren zahllosen Bewunderern niemand mit mehr Tiefe aufmerksam zugehört hat und niemand solch hohe Verehrung für Ihre brillanten Talente haben kann, wie ich sie habe. In der Tat, my Dear Love: Keine Zunge kann die Dankbarkeit aussprechen, die das unendliche Vergnügen Ihrer Musik mir gegeben hat, akzeptieren Sie meinen wiederholten Dank dafür und lassen Sie mich Ihnen mit tiefer herzgefühlter Zuneigung versichern, dass ich das Glück Ihrer Bekanntschaft immer als einen der Hauptsegen meines Lebens betrachten werde, und es ist der ernste Wunsch meines Herzens, es zu kultivieren und es mehr und mehr zu verdienen. Ich hoffe, Sie sind ganz wohl. Ich würde glücklich sein, Sie zum Dinner zu sehen, und wenn Sie um drei Uhr kommen, würde es für mich ein großes Vergnügen sein, Sie allein zu sehen, my Dear, bevor der Rest unserer Freunde kommt. – Gott segne Sie, my Dear: Ich verbleibe mit der festesten und perfektesten Zuneigung.

Ja, sie war diesem begabten Ausnahmetalent aus Österreich und Ungarn in Liebe verfallen. – Wie die ganze Welt. Aber wie lange würde er modern bleiben, und was war der wichtigste Ansporn für ihn, um zu komponieren? – Sie wusste, dass es seine Gesundheit war, um die sie sich mehr Sorgen machte als er, fast in jedem Brief. Wenn er einmal fünf Stunden in seinem Arbeitszimmer verbracht hatte und die Dienerschaft sie abgewiesen hatte, hatte sie ihm geschrieben, dass er auf seinen

Körper achtgeben solle. Sein Körper war auch für sie. Die englischen Erfolge hatten auf ganz Europa abgestrahlt. Sie waren ganz eng miteinander gewesen, enger ging es gar nicht. Und wenn Haydn sich ihre englischen Briefe nicht abgeschrieben hätte, hätte niemand (die ganze Welt nicht) von ihrer innigen Beziehung erfahren. – War der Gedanke an die Rückgabe der Briefe schon dagewesen, als Rebecca sie schrieb? Sie nannte es einfach ihren englischen Pragmatismus. Sie hatte das Beste aus der Situation gemacht. Sie dachte manchmal, dass wir ohne Sprache Tiere wären. Vielleicht war sie ein Tier. – Haydn machte um die Bettsachen kein Getöse. Aber für Rebecca bedeutete die Zärtlichkeit (affectionate) viel. Fast so viel, wie Haydn in Esterházy die Polzelli bedeutet hatte. Und Polzellis Sohn Anton (den Haydn großzog und unterrichtete), war der von ihm? – Am Theater und auf der Opernbühne prostituierte sich fast jede! – Manchmal für nicht mehr als ein Abendessen. Kaum eine Sopranistin war an der Couch vorbeigekommen. – Und sie selbst? – Nein, sie liebte diesen kleinen, wirkmächtigen Mann, dessen Karriere SIE zum Dank für alles, was er ihr gegeben hatte, befördern würde. – Obwohl er es gar nicht mehr nötig hatte.

Ende August 1795 war Haydn wieder auf dem Kontinent. Rebecca versuchte, ihn mit ihren Gedanken zu erreichen, denn er hatte ihr ein bisschen von seinen Plänen erzählt. – Sollte sie vielleicht zu ihm aufs Festland fahren? – Das war völlig unangemessen. Jeder würde sie komisch anschauen. – Aus dem Nichts? – Die englische Sprache? – Haydns und ihre gemeinsame Sprache waren der Körper und die Musik. In London ging es hoch her. Immer mehr Verleger bestellten sich neue Oratorien von Haydn. Und als Die Schöpfung, lange nach seinem Rückzug, in London aufgeführt wurde, war sie auf ihrer Kirchenbank fast zusammengebrochen. Mit Haydns Musik hatte sie das Schicksal beim Schopf genommen und alle ihre künftigen Pläne durcheinandergebracht. – Man konnte von allem ergriffen werden, vor allem von dem, was jenseits aller Logik war, der Musik.

Das erste Mal. Sie dachte daran, wie sie sich nähergekommen waren. Am 29. Juni 1791. Da war er schon eine ganze Weile in London. Sie waren sich auch vorher schon ein paar Mal über den Weg gelaufen, aber nicht so oft. Als er sie, auf ihr Billet hin, in ihrem Haus besucht hatte, um ihr eine lesson zu geben, hatten sie ziemlich lange beim Tee in ihrer Wohnhalle gesessen. Er hatte auch gar nicht gefragt, ob sie die lesson wollte und wann. Vielleicht jetzt? Sie war darauf nicht eingegangen und nippte weiter an ihrem Tee. When ever it is convenient to him, hatte sie geschrieben. Wann es ihm passte. Er wusste gar nicht, was ihm passte. Aber diese Frau war vierzig und hübsch. Auch verstand sie etwas von Musik, und später, als er ihr die lesson erteilte, merkte er, dass sie ganz gut, aber zu zögernd Klavier spielte. Eine Liebesgeschichte konnte er sich jetzt eigentlich nicht leisten. Ihre Augen waren groß und braun. Er fragte sich, welche Rolle sie ihm zu geben gedachte. Sie plauderte munter darauf los. Er mochte ihr Gesicht und bemühte sich, sie nicht allzu sehr anzustarren.

Sie fragte: Wie spät ist es?

Er antwortete und sagte: halb acht. – Was war unter einer lesson zu verstehen?

Sie saß da in einem dunkelbraunen Seidenkleid mit bloßen Armen, und er dachte an ihre Schultern und ihren

Hals. War die lesson Arbeit oder Vergnügen? – Er schlug ein Klavierkonzert vor, das er in Esterháza geschrieben hatte. Er wunderte sich, dass kein Besuch kam, denn sie hatte einen großen Bekanntenkreis. Später sagte sie ihm, dass sie den Türklopfer blockiert habe. Parfüm hatte sie keines genommen. Sie erzählte ihm, wie sehr sie ihren Mann Samuel vermisse. – Warum gerade jetzt? Es war doch das Jetzt, das ihre Begegnung interessant machte. Sie redeten wirklich wie zwei vernünftige Menschen.

Das Cembalo stand im gleichen Raum. Sie stand plötzlich auf und begann zu spielen. Er hörte sich alles an, lobte sie und sagte, eigentlich brauche sie keine lesson. Sie löschte die paar Kerzen im Raum und zog ihn nach oben. Als er ihren Körper befühlte, glaubte er, dass sie für ihn zu jung sei. Sie sagte, dass sie sich schon lange nicht mehr so amüsiert habe, und sie fühle sich geliebt. Er wusste, dass er von Liebe keine Ahnung hatte. Er wusste nicht einmal, warum er geheiratet hatte. Solange er hier sei, sagte sie, wolle sie sein Leben teilen. Jetzt fühlte er sich wirklich geliebt. Sie würde für ihn keine Namenlose bleiben, das spürte er. Sie war auch keine, die gerade einen Mann brauchte. Er fühlte sich sicher und geborgen. Und geschmeichelt.

Wir müssen aber diskret bleiben, hatte sie gesagt. Das war für ihn eine Selbstverständlichkeit. Denn wenn die Londoner Klatschjournalisten dahinterkämen, hätten sie keine ruhige Minute mehr. Er blieb bis zum späten Morgen.

Es war nicht das erste Mal, dass ihm so etwas widerfahren war. Vielleicht mit der Polzelli, aber nicht mit der smarten, großäugigen Frau, die in der Londoner

Musikszene festgewachsen war. Beim Frühstück roch er doch ein bisschen nach Parfüm.

Sie sagte, wenn er England verlasse (das sagte sie wirklich), würde er auf den Kontinent das Tausendfache von dem zurücknehmen, was er mitgebracht hatte. Beide konnten nicht wissen, dass es die Wahrheit war. Sie kannte die englische Musikwelt und die Hadynsche Potentialität. Er war nicht schwierig oder neurotisch, er war ein Bauernkind. Sie hatten jetzt ein Geheimnis miteinander, und das band auch. Auch sein Geist, der zwanzig Jahre lang von einem autokratischen Fürsten geprägt war, hatte sich in London befreit. Die Zukunft war das Nichtseiende, und das Nichtseiende war nicht auszurechnen, nicht einmal zu prognostizieren. Neugierde, ja! – Er war in seinem Leben immer neugierig gewesen. Und willensstark. – Es scheint cool zugegangen zu sein im damaligen England. Wenn eine Frau einen begabten und intelligenten Lover brauchte, holte sie ihn sich mit einem Billet. Wie dem vom 12. April 1792:

My Dear: Ich sorge mich so um Sie. Ich muss Sie schreibend bitten, mir zu sagen, wie es Ihnen geht? Es tat mir sehr leid, dass ich nicht das Vergnügen hatte, Sie an diesem Abend zu sehen, meine Gedanken waren fortwährend bei Ihnen, und in der Tat, my Dear Love: Worte können nicht einmal zur Hälfte die Zärtlichkeit und das Entzücken ausdrücken, das ich für Sie empfinde. – Ich denke, Sie waren bisschen aus der Seele an diesem Morgen, ich wünsche, ich könnte immer jeden Troubel aus Ihrem Kopf wegnehmen. Seien Sie versichert, my Dear: Ich nehme mit der vollkommensten Sympathie an allen Ihren Gefühlen teil, und meine Rücksicht auf Sie wird jeden Tag stärker, meine besten Wünsche erreichen Sie immer und ich bin immer, my Dear Haydn ganz ernst Ihre Vertraute.

Ohne Vergangenheit war sie aber auch nicht. Denn nach ihrer Ehe war sie kurz in die Hände eines stadtbekannten Menschen gelangt, ohne es zu wissen. Mit Hilfe eines Rechtsanwalts und ein paar Schlägern aus Soho hatte sie sich da gerade noch herausziehen können. Sie hatte Haydn andeutungsweise davon erzählt, und er hatte gesagt, es interessiere ihn nicht, er kenne sie genau. Wer seine Musik liebe, könne kein schlechter Mensch sein. Der andere Mann hatte danach noch ab und zu vor ihrem Haus gestanden. Mit Musik hatte das alles nichts zu tun gehabt. Wenn er sie tatsächlich noch beobachtete, war er der Einzige, der von der Verbindung zwischen ihr und ihm wusste. Rebecca war so sensibel, so diskret, so musikalisch und gutherzig, dass Haydn nicht verstehen konnte, dass ihr das überhaupt passiert war. Er war selbst in einige Lebensfallen getappt, vor allem mit seiner Ehe. Aber er lebte eigentlich wie ein Junggeselle, und seine Frau ließ ihn in Ruhe, wenn sie genug Geld bekam.

An Luigia Polzelli schrieb er:

Meine Frau, diese teuflische Bestie, schrieb so vielerlei, dass ich mich zur Antwort gezwungen sah, ich würde nie wieder nach Hause kommen. Von diesem Augenblick an hat sie Vernunft angenommen.

Geld hatte er mehr denn je. Die professionel concerts schickten Sendboten zu ihm, um ihn von seinem Freund Salomon, der auch sein Agent war, zu sich hinüberzuziehen. Aber es gab niemand, der treuer und vertrauenswürdiger war als Haydn. Rebecca hatte ihre Begegnung sorgfältig herbeigeführt, und ihr Billet vom 29. Juni 1791 war wohl nicht ihr erster Kontakt. Sie hatte ihn offensichtlich ein wenig ausgeguckt, seine Musik kannte sie schon lange. Es hatte keinen Sinn, lange darüber nachzudenken. Diese Frau war Glück für ihn. Vielleicht war dieses Land, in das er zweimal geraten war, die einzige Alternative zu einem Fürstentum. Die Menschen später würden herauszubekommen suchen, was zwischen ihm und Rebecca Schröter gewesen war. Aber hinterher war es immer zu spät.

ALS SIE IHN ZUM ERSTEN MAL in die Komödie eingeladen hatte, hatte er geglaubt, er solle sich ihr Privattheater ansehen. Theater! Schauspielerei! Aber es war alles anders gekommen, als er gedacht hatte. Sie war ehrlich geworden und hatte ihm fast ihr ganzes Leben erzählt. Er übrigens auch. Die Leidenschaft ihrer Briefe war so groß, dass er sie abschreiben musste. Dass sie sie zurückgefordert hatte, war keine Vorsicht, sondern Angst gewesen. Was war denn schon dabei? Wer hatte das Recht, über ihr Privatleben zu klatschen? – Er wusste, wie sehr diese vierzigjährige Frau sich nach ihm sehnte, und sie hatten mehr als nur Musik und eine Bettgeschichte.

Sie waren auf ihren Ausflügen durch den zähen Morast der vorenglischen Landschaft gestapft, manchmal querfeldein, und er hatte nicht die Frau, sondern die Frau hatte ihn über dem sumpfigen Boden gehalten. Sie hatten sich geküsst und in einer Gastwirtschaft etwas Brot, Wein und Schinken genossen. Sie war im täglichen Umgang eigentlich sehr scheu, und ihre Briefe waren unwiderlegbare Zeugnisse dafür, wie innig sie sich geliebt hatten. Nach einem Jahr hätte er sie heiraten sollen. Als der Zeitpunkt seiner Überfahrt heranrückte, war sie kaum von seiner Seite gewichen. Sie sahen sich fast jeden Tag. Er wusste damals schon, dass ihnen diese eineinhalb Jahre nicht genügen und dass er mit Sicherheit noch einmal wiederkommen würde. Sie gab ihre Ängste offen zu und klammerte sich auch ein bisschen an ihn. Seine musikalischen Erfolge waren ihre gesellschaftlichen Erfolge. Für ein Kind war es sowieso zu spät, obwohl andere Frauen in England noch später Kinder bekamen. Ein Kind bedeutete einer Frau vielleicht mehr als der Erzeuger des Kindes.

Bei seiner zweiten Überfahrt war sie unbefangener gewesen. Arm in Arm waren sie vom Pier zu seiner neuen Wohnung gegangen. Briefe hatte es keine mehr gegeben, höchstens Zettel für ein paar Verabredungen. – Manchmal sagte sie, sie habe Heimweh nach seiner Musik. Dann gingen sie gemeinsam in ihr Haus, und er improvisierte den ganzen Abend auf dem Cembalo. In seinen Improvisationen waren schon Elemente, die später in seinen Sieben Worten des Erlösers am Kreuz aufdämmern würden. Ziemlich klar und sauber im Ton, wenn Haydn sie spielte. Ab und zu hatte sie Lust bekommen zu tanzen, und dann tanzten sie einfach allein und ohne Musik. Vieles von seinen Klaviervariationen gehört einfach ins Ballett. Sie war nicht mehr einsam. Eine Frau hatte dann nach einem opulenten Abendessen zu ihm gesagt: Komm mal her. Er hatte erkennen müssen, dass die Philosophie zum Erkennen der Welt nicht taugte. Man war in das Prokrustes-Bett der Grammatik eingebunden. Nicht in die Klänge und Töne, von denen ein einziger mehr besagte als ein Wort. Rebecca glaubte an ihn, weil sie wusste, dass der Gipfel seines Ruhmes noch nicht erreicht war. Weder der Gipfel seines Schaffens noch der Gipfel seines Könnens. Und wer kümmerte sich sonst um seine Gesundheit, die er gerne beiläufig zur Seite schob. Fünf Stunden im Arbeitskabinett waren für ihn gar nichts. Einmal hatte sie sogar, über seinen Kopf hinweg, ein Konzert abgesagt, weil es ihm so schlecht ging. Scheinbar hatte er selbst gar nichts bemerkt, wie alle Künstler. Er hatte ihre Tat Verrat genannt, obwohl er wusste, dass sie dazu nicht fähig war. Zweimal hatte er bei seinem ersten Aufenthalt hier englische Ärzte besucht, und er war erschrocken darüber gewesen, was die ihm alles hatten andichten wollen.

Verglich er sie manchmal mit anderen Frauen? – Aber es gab, soweit sie wusste, hier in England keine andere für ihn. Was sollte sie anderes tun, als ihm das Leben auf der Insel möglichst angenehm zu machen? Wesenhaft war die Liebe zu seiner Musik, die sie, die manchmal auch etwas kalt war, in Erregung versetzte. Er konnte ihre liebevollen Briefe verstehen. Natürlich war ihre Beziehung keine, wie man sie in den Romanen (zum Beispiel bei Richardson) fand. Die Musik und die Beziehung zu dem Mann, der sie komponiert hatte, ließ sie ihre Gefühle auch auf diesen Mann übertragen. Von Natur aus war sie eher ein bisschen zurückgenommen und scheu. Aber sie hatte nicht ohne Grund diesen großen, scheuen Klaviervirtuosen Samuel Schröter geheiratet. Rebecca musste Samuel gegen Ende ihrer Ehe gegrollt haben. Das bisschen Hilflosigkeit, das ihn sein Leben lang begleitet hatte und gegen das nur sein Forscherinstinkt geholfen hatte, war auch seit der Beziehung zu Rebecca verschwunden. Sie hatte ihm emporgeholfen. – Schauspielerte Rebecca manchmal? Man durfte bei keiner guten Schauspielerin das Gefühl haben, dass sie einem etwas vorspielte. – Brauchte sie auch gar nicht. Sein Alleinsein auf dieser Insel mit ihrer fremden Sprache, in der er nicht einmal eine Anspielung wahrnehmen konnte, war ein Glück für sie. Sie war nicht aufdringlich und bot ihm immer mehrere Zeiten an, an denen er sie besuchen sollte. Er hatte aber nicht vor, sich verschlingen zu lassen. Manchmal war sie sogar ganze Tage und Nächte an seiner Seite, und dann freute er sich wieder, dass er sich für einige Tage zurückziehen konnte. Die Melancholie wollte er in diesem schönen, freien Land nicht bekommen. Sie war auch kräftig. Und wenn sie keine Frau gewesen wäre, hätte sie beim Scheibenrollen (das war ein Sport hier) in die erste Reihe kommen können. Vielleicht wurde er schon durch ihre bloße Anwesenheit definiert.

NACH DEN ZWEI ENGLANDAUFENTHALTEN, nach denen er den Kontinent nicht mehr verlassen sollte, arbeitete er viel. Er musste in Esterháza unter dem neuen Fürsten Nikolaus II. ein neues Orchester zusammenstellen und weiter komponieren. Er wohnte jetzt nicht mehr in Schloss Esterházy, sondern in Eisenstadt, wohin es seinen Fürsten gezogen hatte, der auch seine Leute bei sich haben wollte. Dieser Fürst Nikolaus II. war von allen Fürsten, die Haydn erlebt hatte, der schwierigste. Im Grunde interessierte ihn nur Kirchenmusik, und Beethoven verstand er gar nicht. Er verschluderte seinen ungeheuren Reichtum an die falschen Leute, und Rothschild musste seine finanzielle Situation in Ordnung bringen. Nikolaus' Leben war wirklich ausschweifend, auch seine Affären mit zahllosen Geliebten. Haydn sah manchmal keine andere Möglichkeit, an seine Bezüge zu kommen, als sich an Nikolaus' Frau Hermenegild zu wenden. Erklärungen gab man ihm keine. Der Fürst hatte zu ihm gesagt: Ohne Musik, ohne Konflikte und ohne Krieg wäre das Leben langweilig. Haydn hatte sich erst an die Stirn gefasst, als er aus dem Zimmer war. Als er dem Fürsten einmal eine Bittschrift für einen damals noch unbekannten Schriftsteller übergeben hatte, hatte der gesagt: Da haben Sie die Rechnung ohne den Wirt gemacht!

Und sein Glaube? – Er hatte sich seinen Katholizismus streng bewahrt, und an Gott glaubte er mit seinem innigen, fast bäuerlichen Herzen. Manchmal klarer und intensiver als mancher zerknirschte Protestant. Was hatte überhaupt die Konfessionen auseinandergebracht? Ein Mönch aus Eisleben in Deutschland, der während eines Gewitters in Todesangst gelobt hatte, seinen Glauben zu reformieren. War Luther nicht zuerst auch katholisch gewesen? Und wenn jemand seinem Glauben abschwor? Tat er den Schwur dann bei seinem alten oder bei seinem neuen Glauben? Eigentlich mochte er Luther, denn das Deutsch der Bibel hatte ihm gut gefallen. – Ja, es war wirkliche Liebe gewesen, sonst hätte er die qualvolle Überfahrt nicht zum zweiten Mal gemacht. – Rebecca konnte kommunizieren und einen Menschen gewinnen. Natürlich gab es Blicke, die die Berührten in eine Kerzenflamme oder in ein Pendel blicken ließ. Das war altmodisch. Rebecca packte ihre Botschaften in die satzförmige Rede, an einen Ort, wo sie nicht hingehörten. Die tieferen Schichten des anderen nahmen die Botschaft drei Stunden später wahr, denn das Innere prüfte alles Gesagte auf seinen Sinn. Allein, dass sie ihm die Wahl des Zeitpunktes seiner Besuche überließ, zeigte ihren klaren Verstand und ihren Willen.

Als sie von den Ereignissen in Frankreich gehört hatte, wusste sie: es waren die Erniedrigten und Beleidigten, die den Aufruhr zustande gebracht hatten. Die französischen Schriftsteller hatten das Soziale besser dargestellt als die Beamten von Ludwig XVI. Rousseau, den sie sehr liebte, hatte sich dabei besonders hervorgetan. Auch in England war das Volksleben kräftig. Das Parlament war ein gutes Ventil. Die Grobheiten, die das Volk dachte, konnten hier ausgesprochen werden. Jeder hatte die Möglichkeit, eine Butticke aufzumachen und sich ins Vauxhall einzureihen. Handwerksmänner brauchte man immer, und die britischen Knaben wurden universell ausgebildet. – Natürlich die Frauen! – Das Wort Frauenfrage kannte man noch nicht. Viel später würden die Blaustrümpfe kommen und den Frauen das Wahlrecht erkämpfen. Aber auch daneben gab es Schatten. Schmierige Agenten kauften Wahlvolk zusammen und gaben ihm Geld, damit man auf eine bestimmte Stimme setzte. – England war schön. Und nichts reizte Rebecca, es zu verlassen. Wenn Haydn nur immer hiergeblieben wäre. Aber die Bindungen an Österreich und Esterháza waren doch zu stark gewesen.

Er erinnerte sich, dass ihm Rebecca erzählt hatte, dass es in London Partys gab, wo es ziemlich durcheinander zuging und die mit Katholizismus nichts zu tun hatten. – Einmal war er durch Zufall in so eine Party geraten, und schon im ersten Zimmer, das er betrat, lagen sie kreuz und quer auf den Möbeln, oder auf dem Boden. – Das war also auch London des Jahres 1792. Man hatte sich zwei Tage vorher in Abendgarderobe getroffen und miteinander gegessen. Lauter eingeladene Leute. Zwei Tage später trafen sie sich wieder in demselben Haus und zogen alle ihre Kleider aus. Rebecca hatte ihm erzählt, sie habe einmal dabei zugesehen. Sie wollte wirklich nur zusehen. Aber so viele von ihnen baten sie sich auszuziehen, so dass sie endlich zustimmte, aber in Unterwäsche blieb. Aus Höflichkeit hatte sie sich dann doch ausgezogen, aber nicht mitgemacht. So etwas war auf dem Kontinent den Fürsten vorbehalten. Rebecca hatte erzählt, man sei nicht von einem Raum in den anderen gekommen. Konversation sei unmöglich gewesen. Engländer fanden das nicht komisch, es war the natural inclination.

Als Rebecca ihm davon erzählt hatte, hatte sie ganz ruhig und ganz tief geatmet. Sie schämte sich, dass sie sich dazu hatte überreden lassen. Ihr wurde ein bisschen schwindlig, und Haydn musste sie trösten. Sie bekam Atemnot, aber ein Whiskey brachte alles wieder in Ordnung. – Zweifel an ihrer Version kamen ihm erst, als er wieder auf dem Kontinent war. Er hatte es dazu gebracht, den innersten Teil seines Wesens in Tönen auszudrücken, und so erfasste er auch manch inneren Teil eines anderen Wesens. Er wurde sich aber schnell darüber klar, dass Rebecca ihn nicht angelogen hatte. Sie war zu sehr bei sich selbst, um so etwas mitzumachen. Gott, der Ursprung dieses Planeten und der aller Lebewesen interessierte ihn so sehr, dass er heute Rebeccas Worte als verrückt empfand.

Fünf Jahre nach seinem Abschied von England wurde Die Schöpfung in Wien aufgeführt. – Bald war ich eiskalt am ganzen Leibe, bald überfiel mich eine glühende Hitze, so beschrieb Haydn seine Eindrücke von der Uraufführung. Über seine Einnahmen redete er nicht mehr. Er hatte so viel, dass er das meiste spendete. In drei Jahren spendete er vierzigtausend Gulden an verarmte Musiker-Familien. Die Liste der Suskribenten für die Schöpfung wurde immer größer. Reichtum, Adel, Fürstentum sollten Haydns Namen immer noch populärer machen und seine Karriere nach vorne bringen. Haydn hatte von Kant gehört und auch ein paar Kleinigkeiten von ihm gelesen. Das Jenseits war für Haydn selbstverständlich. Ohne seinen tiefen katholischen Glauben hätte er kein einziges seiner Werke komponieren können. Auf den Handschriften seiner Notenblätter hatte er unter jedes komponierte Werk geschrieben: Gott hat es gemacht! Deus fecit. Aber Kunst, auch die Kirchenkunst, war in der Welt auch ein Geschäft.

ALS ER AM THEMSE-KAI STAND, weil er auf sein Schiff musste, erinnerte sie sich noch einmal an alles. Wie sie es damals gepackt hatte. Mein Gott, es hatte Stärkere gegeben als ihn. Eines Morgens wachst du auf und merkst, dass du einen älteren Mann liebst. Sie wäre sogar auf den Knien vor ihm herumgerutscht. Seine Messen waren immer noch in ihren Ohren. Nicht einmal das, was sie während der Nacht gemacht hatten. Mehr als eine Käufliche war sie doch gewesen. Haydn war ein herrliches Beispiel von Männlichkeit und Begabung. Der musikalische König Europas. Sie hätte die Erinnerung gerne für sich selbst sprechen lassen, aber es ging nicht. Als Verhältnis konnte man ihr (nicht nur musikalisches) Zusammenwachsen nicht bezeichnen. Das Geld war in ihrer Beziehung genauso wichtig gewesen wie die Liebe und das Komponieren. Einige Leute aus ihrer näheren Bekanntschaft hatten ihn als zu alt bezeichnet. Sie war damit nicht einmal unzufrieden gewesen. War sie jetzt Strohwitwe? – Nein, Witwe für immer. Was er zu ihr gesagt hatte, hatte er als guter Katholik gesagt. Sie war fast ebenso sehr Nonne wie er es nicht war. Wenn sie ihm im Bett den Handrücken drückte, lebte er auf. – Sie hatte ihren gestorbenen deutschen Mann zurückbekommen. Haydn war Österreicher und ein genialer Musiker. Für sie war er fast ein Deutscher. Wenn jemand intensiv schaut, ist er immer interessant. Es gab hier Menschen, die hatten Vorurteile gegen die Österreicher. Sie nannten sie manchmal sogar Preußen. Er hätte ihr ja auch den Preußen vorspielen können, ohne weiteres. Jeder konnte jedem etwas vorspielen.

Erzähl mir von deiner Schwester, hatte sie zu Samuel oft gesagt. – Sie war die Schönste und Musikalischste, hatte Samuel jedes Mal geantwortet. Ich bin etwas größer als sie, aber sie war die bessere Künstlerin. Wir sind zusammen groß geworden. Wenn Elisabeth Schmehling nicht gewesen wäre, wäre Corona genauso populär geworden wie Elisabeth. Sie hatte ihn glücklich machen wollen und konnte es auch. Manchmal war ihr, als sehe sie zu, wie ihr mit Haydn ihre eigene mögliche Karriere davonlief. Sie war reich, und Haydn war hier in England auch reich geworden. Er hatte ihr sogar geholfen, das bisschen Hypothek, das noch auf ihrem Haus lag, abzubezahlen. Er war ein guter Mensch und ganz großartig. Haydn hatte manchmal das Gefühl, dass Samuels langer Schatten einen auch in London noch erreichte. So zu enden.

Er hatte ihr auch viel von der Frau erzählt, die er gegen seinen Willen hatte heiraten müssen und die er einmal im Jahr sah. Er sagte: Mein Weib war unfähig zum Kindergebären und daher war ich auch gegen die Reize anderer Frauenzimmer weniger gleichgültig. Ihr ist es gleichgültig, ob ihr Mann Schuster oder Künstler ist. Seine Frau hatte sich bald in die Badener Schwefelbäder zurückgezogen, weil sie Arthrose hatte. Wenn sie Zärtlichkeiten wollte, rief sie ihm zu: Komm man her! Seine Frau sprach nie mit ihm. Nicht einmal über seine Werke. Sie hatte versucht, ihn als Mensch und Künstler zu vernichten. Besser ist, man brauchte sie nicht, hatte er gedacht.

Haydn hatte an den langen Abenden noch mehr erzählt, aber das meiste davon hatte sie vergessen. Rebecca war Mrs. Scott-Schröter-Haydn gewesen. Aber gegen Ende von Haydns Aufenthalt in ihrem England war er in Gedanken schon in Österreich und in Esterháza. Und wenn er nicht diese lächelnde, bäuerliche Natur gehabt hätte, hätte alles leicht schiefgehen können. – Dass er ihre Briefe abschrieb, um sie an seinem Herzen zu tragen, war rührende, treue Anhänglichkeit. Sie würde nie davon erfahren. – Vielleicht hatte seine Frau Anna Maria den ersten Nagel in seinen Sarg geschlagen. Wenn er hierbliebe, hätte er eine Frau, von der er nie zu träumen gewagt hätte. Das wusste er auch. Er würde sich für seine angetraute Frau nie interessant machen können. Nicht einmal mit seiner Musik.

Es haben sich noch einige Briefe gefunden, die nicht datiert sind.

Mein Liebster,

ich bin vollkommen ungeduldig, heute Morgen zu wissen, wie es Ihnen geht und ob sie letzte Nacht gut geschlafen haben. – Ich bin Ihnen für Ihre Güte gestern sehr verpflichtet und danke herzlich dafür. Ich wünsche Sie ernsthaft zu sehen, my dear Lover: Und ich hoffe, diesen Morgen das Vergnügen zu haben. Meine Gedanken und besten Wünsche sind unaufhörlich bei Ihnen, und ich bin auf ewig my Dear Haydn:

vollkommen vertrauensvoll und sehr zärtlich die Ihrige.

Oder:

My Dear: Es tut mir extrem leid, dass ich heute Morgen nicht das Vergnügen Ihrer Begleitung hatte, da ich sehr bitter wünschte, Sie zu sehen. – Meine Gedanken sind unaufhörlich bei Ihnen, mein geliebter Haydn: Und meine Gefühle für Sie wachsen täglich, Worte können nicht einmal zur Hälfte den zärtlichen Blick ausdrücken, den ich für Sie habe. – Ich hoffe, my Dear Lover: Ich werde das Glück haben, Sie morgen zum Dinner zu sehen. Zu dieser Zeit werden Sie meine besten Wünsche immer erwarten, und ich bin immer mit der festesten Anhänglichkeit an Sie, my Dear Haydn …

Es müssen die letzten Briefe vor Haydns endgültiger Abreise gewesen sein. Man muss sich fragen, warum Haydn nicht doch in England geblieben ist. Rebecca war 1800 eine der ersten Suskribentinnen für sein Oratorium Die Schöpfung. Sie wird in England ihre Bekanntschaften gepflegt, sich weiter in der Musikszene bewegt und Haydns Erfolge in England propagiert haben.

SIE HATTE SPÄTER NOCH EINIGE DATES mit Komponisten, Sängern und, manchmal auch mit Männern, die sich Musiker nannten. Sie erwarb Kenntnisse von den Londoner Veranstaltern und den Konzertagenten, und schließlich wurde sie eine der vielen Musikkennerinnen, die manchmal auch im Hintergrund die Strippen zogen. – Haydn vergaß sie nie, und ihren Freundinnen (so viel sie davon Kenntnis gewonnen hatten) war sie werter geworden denn je. Sie war sparsam, investierte ihr Geld in die Munitionsfabriken, jetzt, wo der napoleonische Krieg da war, und machte einiges gut von dem, was sie bei ein paar Musikspekulationen verloren hatte. Für die Musikszene war sie ein bisschen Graue Eminenz geworden. Sie ging fast nur noch in Konzerte, auf denen Haydn-Musik gespielt wurde, vielleicht noch Bach und Mozart. – Beethoven mochte sie auch. Sie komponierte auch selbst. Aber wer nahm damals schon die Sinfonien einer Frau? – Gab es in ihrem Jahrhundert überhaupt so etwas? Vielleicht Clara Schumann, aber die kam noch weit hinter ihr.

Sie kannte viele Männer in Oxford, und wenn sie gewollt hätte, hätte sie ein Professorenweib werden können. Wenn ihr einer gefiel, blieb sie ein bisschen mit ihm zusammen. Um Haydn ein bisschen zu vergessen. Viele Künstler lernten von ihr. Wenn ihr alles zu drängend wurde, zog sie die Mappe mit ihren Briefen an Haydn hervor. Was sie las, brachte ihr die Zeit mit Haydn wieder zurück. Sie las ein paar Zeilen vom 7. März 1792:

Es tut mir sehr leid, dass ich gestern so stumpf und stupide war, tatsächlich, mein Liebster, es war nichts als die Tatsache, dass ich indisponiert war durch meine komische Dummheit. Ich danke Ihnen tausendmal dafür, dass Sie sich um mich kümmern. Ich freue mich über Ihre Güte, und ich versichere Ihnen, mein Darling, wenn irgendetwas geschehen würde, was mich verwirrt oder unglücklich machen würde, hätte ich Ihnen mein Herz geöffnet und Ihnen mit dem größten vollkommenen Vertrauen alles erzählt. O, wie sehr wünsche ich Sie zu sehen, ich hoffe, Sie werden morgen zu mir kommen. Ich werde glücklich sein, Sie an beidem, am Morgen und am Abend, zu sehen. Gott segne Sie, mein Lieber, meine Gedanken und guten Wünsche werden Sie immer begleiten. Immer werde ich mit dem ernstesten, unwiederholbaren Blick der Ihre sein, mein Darling,

your truly affectionate

Sie schrieb auch ihre Erinnerungen nieder, aber dann verbrannte sie sie. – Hatte Haydn sie im Stich gelassen? – Sie hatten oft über Heirat gesprochen. Aber Haydn war in Österreich schon verheiratet. Und eine katholische Ehe war unauflöslich. Manchmal hatte er sich über den katholischen Glauben geärgert, mit dem er geboren worden war. Wenn er mit ihr in eine evangelische Kirche ging, musste er daran denken, dass die vor noch nicht gar zu langer Zeit zu seinem Glauben gehört hatte. Solange es ging, hatte sie Haydns neue Sonaten und Sinfonien in England kopieren und stechen lassen. Manchmal träumte sie von ihm und spürte große Angst und Psychotik, wenn sie aufwachte.

NACH SEINER RÜCKKEHR AUF DEN KONTINENT schrieben sie sich noch lange Briefe. Jetzt, viele Meilen entfernt, wurde ihr Eindruck noch stärker. – Er hatte ihr geschrieben, dass er inzwischen seine Friseuse mochte, mit der ab und zu in die Messe ging. Davon wusste nur sie. – Na und? – Sie wusste nicht, die wievielte Friseuse es war, die er finanzierte. Friseusen waren die beliebtesten Winkelpfade Wiens. Die nächste Mode, Fleischerläden, Kartenlegerinnen. Man erfuhr alles. Rebecca wusste, dass er sie auch geheiratet hätte, hätte ihn seine unauflösliche Ehe nicht zurück nach Wien gezogen. Er hatte sich weder von ihrer Musikalität noch von ihrem Reichtum beeindrucken lassen. Manchmal, wenn er jetzt durch Wien lief, glaubte er, sie auf der Straße zu erkennen. War das, was die Leute Zärtlichkeit (und mehr) nannten, nicht das wahre Merkmal des Tiers? Sie hatten sich noch nie daran gekehrt. Sie waren Tiere! Menschentiere, die Musik mochten. Ihr Vater, Robert Scott, hatte das Geld nur für sie verdient. Haydn hatte sie einmal im Untergeschoss ihres Hauses mit einem dieser Geldhändler reden hören: klar, diszipliniert und vollkommen eingedacht. Lassen Sie mich doch in Frieden, hatte sie dem Mann zugerufen, der ihr immer neue Anlagen hatte aufschwätzen wollen. Krank war sie nie. Und doch wurde er, der immer Kränkelnde, vier Jahre älter als sie. Niemand von seinen Rivalen würde ihn zu Fall bringen. Sie hatte auch nie ihren Tod in die Waagschale geworfen, um ihn zu halten. Er kostete jetzt vom Leben nur noch ganz kleine Bissen. Die Tiere lagen hinter ihren Gittern und träumten. Verstanden sie Haydns Musik? Er hatte sich Rebecca in England in vielem untergeordnet. In ihrer Gegenwart sagte er zu allem ja, was sie vorschlug. Sobald er allein war, fand er, dass er auch selber denken musste. Manchmal dachte Haydn, Rebeccas Art sei doch die schönste Art, einen Menschen zu lieben. Sie hatte gespürt, dass er mit leidenschaftlicher Hingabe komponierte und schuf. Die spirituelle Last trug manchmal sie. Wenn er sich manchmal moralisch vertat, wusste er, dass die Beichte bei einem Katholiken alles wieder in Ordnung brachte. Sie lag abends oft auf ihrer weinrot bezogenen Setille und wartete, dass in London das nächste Haydn-Konzert stattfand. Aus der Küche unten hörte sie ihren Domestiken, der ihr das Abendessen zubereitete. Eine Köchin wollte sie nicht. – Tom Jones und Tristram Shandy hatte sie schon ein paar Mal gelesen. – Was war die verborgene Botschaft ihrer drei Jahre mit Haydn gewesen? – Lebensglück!

Sie dachte an la canterina, eine frühe Oper, die sie noch zusammen mit Samuel gehört hatte. In der Gasperini Klagearie in C-Moll machte sich der Komponist trotz allem Pathos auch ein bisschen lustig. Die heitere Darstellung des Unglücks. Der Pöbel liebte la canterina und forderte zehn Wiederholungen. Ihr Mann Samuel hatte das gerecht gefunden. – Sie dachte manchmal an ihren schönen, großen, musikalischen Mann, den ihr der Alkohol zu früh entrissen hatte.

Nachwort:

Die Haydn-Zitate und Rebecca Schröters englische Briefe sind aus: H.C. Robins Landon, Joseph Haydn, Gesammelte Briefe und Aufzeichnungen, Basel, Paris, New York 1965. Die Übersetzungen von Rebeccas Briefen sind vom Autor. Ihre Zeichensetzung wurde weitgehend beibehalten.

Mein Schreiben über Rebecca Schröter erklärt sich mit meinem großen Interesse an Goethe und seinem Umfeld. Ich habe zehn längere, bis an die Grenze recherchierte Goethe-Facetten geschrieben. – Es gibt aber kaum Quellen über die Beziehung zwischen Rebecca und Haydn. So imaginierte ich einiges, verließ mich auf das Wahrscheinliche und versuchte, den Zeithintergrund so getreu wie möglich darzustellen.

J.K.

Weitere Bücher von Jens Korbus

Jakob van Hoddis
und andere Erzählungen
212 Seiten
ISBN 978-3755742494
€ 12,50 (Taschenbuch)
€ 2,99 (Ebook)

Mein Goethe
396 Seiten
ISBN 978-3752832297
€ 15,90 (Taschenbuch)
€ 6,49 (Ebook)

Die Verkettung von Arnold und
Helene. Nachdenken über Schiller,
Charlotte von Kalb und Charlotte
von Lengefeld
228 Seiten
ISBN 978-3756809769
€ 13,50 (Taschenbuch)
€ 4,99 (Ebook)

Über den Autor

Jens Korbus studierte Germanistik, Philosophie und ein bisschen Schwedisch. Er war Assistent am Germanistischen Institut der Universität Düsseldorf und ging dann in den Schuldienst. Für seinen Brief an Goethe bekam er einen der höchsten Literaturpreise in Rheinland-Pfalz, den Fachinger Kulturpreis. Seine Veröffentlichungen umfassen 35 Bücher, neun davon über Goethe, dessen Umfeld und Motive aus dessen Werk. Darüber hinaus hat er auch einiges über seine Heimatstadt Koblenz und über Ostpreußen geschrieben, das Land, aus dem seine Eltern stammen.